HÉSIODE ÉDITIONS

JACQUES BOULENGER

# La Mort d'Artus

Hésiode éditions

© Hésiode éditions.

1 rue Honoré - 93500 Pantin.
ISBN 978-2-38512-000-9
Dépôt légal : Octobre 2022

*Impression Books on Demand GmbH*

*In de Tarpen 42*
*22848 Norderstedt, Allemagne*

# La Mort d'Artus

# I

Sachez qu'à la cour du roi Artus, Lancelot tint longtemps le serment de chasteté qu'il avait fait au prud'homme qui l'avait confessé durant la quête du Saint Graal. Mais l'Ennemi l'attaquait chaque jour par les yeux et les douces paroles de la reine au corps gent et le frappait si fort qu'un jour il chancela et quitta la droite voie : aussi bien, quoiqu'elle eût alors près de soixante-dix ans, la reine Guenièvre était encore si belle qu'on n'eût pas trouvé sa pareille au monde. Et Lancelot s'était jusque-là conduit avec assez de prudence pour que personne ne s'aperçût de son fol amour ; mais, quand il se fut renflammé pour elle, il brûla si fort qu'il ne sut plus s'en cacher aussi bien que naguère : de façon qu'Agravain, le frère de monseigneur Gauvain, surprit le secret. Dont il fut très content, ce félon, non point qu'il espérât de venger la honte du roi son oncle, mais parce qu'il comptait causer quelque dommage à Lancelot, qu'il n'avait jamais aimé clairement.

Or, les aventures merveilleuses de la Bretagne étaient achevées ; pourtant le roi Artus ne voulait point que ses chevaliers s'amollissent et laissassent de porter les armes : aussi fit-il crier par ses hérauts qu'un tournoi aurait lieu dans la plaine de Winchester. Lancelot souhaita de s'y rendre sans qu'on le sût : feignant d'être malade, il laissa Hector, Lionel et sa parenté partir sans lui. Si bien qu'Agravain crut qu'il demeurait afin de voir la reine en toute liberté.

– Sire, vint-il dire au roi, si je pensais ne vous chagriner point, je vous apprendrais quelque chose qui vous sauverait de la honte

– La honte ? C'est donc une chose telle que ma honte y puisse être ?

– Sire, sachez que madame la reine et Lancelot s'aiment de fol amour. Et comme ils ne peuvent se rencontrer à leur volonté quand vous êtes là, Lancelot annonce qu'il n'ira pas au tournoi et y envoie ceux de sa maison :

de la sorte, cette nuit même ou demain, il pourra voir madame tout à loisir.

– Beau neveu, ne dites pas de telles paroles, car je ne vous crois point : Lancelot ne pense pas à cela.

– Comment, sire, c'est là tout ? Au moins, faites-les épier : ainsi connaîtrez-vous la vérité.

– Agissez à votre guise ; je ne vous empêcherai pas.

– Sire, je n'en demande pas davantage.

Malgré qu'il en eût, le roi songea, cette nuit-là, à ce que lui avait dit Agravain ; et certes il ne s'en tourmenta guère dans son cœur, car il ne croyait pas que ce fût vrai ; pourtant, au matin, quand la reine vint lui déclarer qu'elle irait volontiers avec lui à Winchester parce qu'elle avait ouï dire qu'on y verrait de grandes chevaleries, il ne le voulut point et lui commanda de rester : car ainsi comptait-il vérifier les propos d'Agravain.

Or, dès qu'il connut le départ du roi, Lancelot fut prendre congé de sa dame ; puis il fit tout préparer par son écuyer, et il se mit en route secrètement, à la tombée du jour.

## II

Il chevaucha toute la nuit à grande hâte, parce qu'il craignait d'arriver en retard aux joutes, si bien qu'au matin il atteignit au village où le roi Artus avait couché et où il se trouvait encore. Lancelot portait des armes déguisées, mais son écuyer menait en main un très beau destrier, taché comme une pie, blanc comme fleur des prés d'un côté, plus rouge que braise de l'autre. Et le roi, qui était justement à la fenêtre en compagnie de Giflet fils de Do, reconnut le cheval d'abord : c'était lui-même, en effet, qui en avait fait don à Lancelot.

– Giflet, dit-il, voyez donc Lancelot qui nous mandait hier qu'il était malade ! Sans doute se propose-t-il d'aller au tournoi secrètement : c'est pourquoi il ne chemine que de nuit. Puisqu'il se veut cacher, gardons de dire à personne que nous l'avons reconnu.

Lancelot s'hébergea chez un riche vavasseur, nommé le sire d'Escalot, dont les deux fils étaient chevaliers depuis peu. Et, en entrant dans la salle, il avisa leurs écus qui étaient vermeils et sans emblèmes, car telle était la coutume en ce temps : tout nouveau chevalier portait durant une année un écu peint d'une seule couleur ; s'il faisait autrement, c'était contre l'ordre de chevalerie.

– Sire, dit Lancelot à son hôte, je vous prie par amour et courtoisie de me prêter un de ces écus avec le haubert et l'armure du cheval. Car, si je portais les miens au tournoi de Winchester, il se pourrait que je fusse plus tôt reconnu que je ne voudrais.

– Sire chevalier, répondit le vavasseur, justement mon fils aîné est malade et ne pourra se rendre à l'assemblée. Prenez ses armes en échange des vôtres si le cœur vous en dit. Or le vavasseur avait une fille, nommée Passerose, qui était la demoiselle la plus curieuse du monde, et sachez que tant plus elle regardait Lancelot, tant plus elle le trouvait beau et le jugeait prud'homme. Durant qu'il causait avec son père, elle s'approcha de l'écuyer et lui demanda le nom de son seigneur. Le valet ne l'éconduisit pas tout à fait : elle était si avenante que toute dureté envers elle eût semblé une vilenie.

– Demoiselle, lui répondit-il, sachez que messire est le meilleur chevalier du siècle : c'est tout ce que je puis vous apprendre sans lui désobéir.

– C'est assez, valet : me voilà satisfaite.

Et aussitôt elle fut s'agenouiller devant Lancelot.

– Gentilhomme, par ce que vous aimez le plus au monde, octroyez-moi un don !

– Ha, demoiselle, levez-vous ! Il n'est rien que je ne fasse pour vous.

– Cent mille mercis, sire ! Je vous requiers donc de porter ma manche à votre heaume ou à votre lance en guise de pennon, et de faire beaucoup d'armes pour l'amour de moi. Et sachez que vous êtes le premier chevalier à qui j'aie réclamé un don ; je ne l'eusse pas fait, ne fût la grande valeur qui est en vous.

Lancelot fut dolent de cette demande, car il savait bien que, si jamais la reine apprenait cela, elle lui en saurait mauvais gré. Toutefois, il lui fallait tenir sa promesse, quoi qu'il advînt : il dit a la pucelle qu'il porterait sa manche. Et elle lui fit, ainsi que son père et son frère, très belle chère tout le jour.

À la nuit tombante, il partit en compagnie du fils cadet du vavasseur, qui lui avait demandé d'aller avec lui, et tous deux chevauchèrent jusqu'à l'aube. Comme il ne voulait point s'héberger à Winchester où il eût risqué d'être reconnu, le nouveau chevalier d'Escalot le mena chez sa tante dont le manoir était à une lieue de la ville. Et là ils se reposèrent et rafraîchirent très bien. Vers le soir, les écuyers examinèrent les armes de leurs seigneurs et veillèrent que rien n'y manquat. Puis tout le monde se coucha dans de bons et riches lits et dormit jusqu'au matin.

III

Sitôt que Dieu eut fait lever le soleil et que le jour prit vie, Lancelot et son compagnon furent entendre la messe dans une chapelle voisine ; après quoi ils déjeunèrent très bien, car le manger du matin apporte grande santé. Et sur ces entrefaites un écuyer, qu'ils avaient envoyé à Winchester pour avoir des nouvelles, rentra au logis.

– Seigneurs, il y a grande abondance de chevaliers des deux parts, dit le valet. Mais ceux de la Table ronde se sont rangés du côté des défenseurs de la ville. En face, il y a les rois d'Écosse, de Cornouailles et de Norgalles et beaucoup de hauts hommes ; mais ils ne semblent pas aussi preux que ceux de l'autre part.

– Nous combattrons donc pour les gens du dehors, dit Lancelot au chevalier d'Escalot, car il ne serait pas à notre honneur de nous ranger parmi les plus forts.

Il vêtit ses armes et attacha la manche de Passerose à son heaume ; mais, craignant que son écuyer ne le fît reconnaître, il lui défendit de le suivre (dont le valet eut grand deuil), et il partit en compagnie du fils du vavasseur.

Lorsqu'ils arrivèrent, la prairie de Winchester était déjà toute couverte de fer-vêtus qui joutaient : Lancelot s'affermit sur ses étriers, se couvrit de son écu vermeil, baissa sa lance peinte et laissa courre son destrier pie. Le premier qu'il heurta, il le porta à terre ; puis, poussant sa pointe, car sa lance n'était point brisée, il en culbuta un second, homme et cheval à la fois, et, à voir cela, beaucoup de barons arrêtèrent de combattre pour demander quel était cet étranger portant une manche de dame à son heaume, qui venait de faire le plus beau coup de la journée. Cependant le fils du vavasseur, de son côté, s'adressait à Hector des Mares dont il fendit l'écu ; mais Hector le fit passer par-dessus la croupe de son destrier, après quoi il changea de bouclier. Et Lancelot, qui, à cause de cela, ne reconnaissait pas son frère, lui courut sus et l'abattit. Ah ! Lionel au cœur sans frein fut bien marri de ce coup-là ! Il voulut venger son cousin : et de fendre la presse, frappant comme dix hommes, arrachant les écus des bras et les heaumes des têtes ; puis, quand il fut proche du chevalier à la manche, il prit de son écuyer une lance courte, roide et grosse, et fondit sur lui comme un émerillon. Si rude fut le choc que les deux destriers plièrent, et sachez que l'acier de Lionel traversa l'écu et le haubert, et perça la chair tendre, mais dans le même temps les sangles et le poitrail de son cheval rompaient, tant Lancelot avait appuyé son coup, si bien qu'il vola à terre, la selle entre les cuisses.

Telle fut la prouesse du chevalier à la manche et messire Gauvain la vit de la grande tour de la ville où il était auprès du roi, car son oncle lui avait défendu de prendre les armes ce jour-là : il savait bien, en effet, que Lancelot viendrait au tournoi et il craignait, si tous deux joutaient, que le vaincu ne gardât rancune au vainqueur.

– Par mon chef, s'écria messire Gauvain, ce nouveau chevalier aux armes vermeilles, qui porte une manche de dame sur son heaume, n'est pas un des frères d'Escalot : jamais aucun d'eux ne frappa de tels coups ! Dieu m'aide ! si nous n'avions laissé Lancelot malade à Camaaloth, je jurerais que c'est lui !

Cependant le chevalier à la manche, dont le sang luisait sur le haubert, continuait de faire tant d'armes, en dépit de sa blessure, que ceux de la cité furent bientôt repoussés et battus. Et quand Lancelot vit qu'ils avaient tout perdu, il dit à son compagnon :

– Beau sire, allons-nous-en d'ici : nous n'y avons plus rien à gagner.

Car il pensait bien que plusieurs barons de la maison du roi Artus tâcheraient de le reconnaître. Il se jeta dans les bois avec son compagnon et tous deux, suivis d'un seul écuyer, car l'autre avait été tué par un maladroit, retournèrent chez la tante du chevalier d'Escalot. Là, Lancelot demeura plus de six semaines couché, tant sa blessure était grande et dangereuse. Mais le conte suivra ce propos quand il en sera temps ; maintenant il va deviser du roi Artus et de monseigneur Gauvain.

## IV

Le tournoi terminé, messire Gauvain s'était fait amener son cheval et il était allé à la recherche de l'étranger ; mais il ne put le trouver.

Et, cette nuit-là, les compagnons de la Table ronde parlèrent beaucoup du nouveau chevalier qui avait tout vaincu.

— Par ma foi, j'ignore son nom ! s'écria Galegantin le Gallois. Mais ce que je sais, c'est qu'il partit du tournoi si mal en point et si sanglant de la blessure que lui avait faite Lionel, qu'on eût bien pu le suivre à la trace.

Le lendemain, le roi Àrtus quitta Winchester avec ses barons, et il alla coucher au lieu où il avait naguère reconnu Lancelot. Il s'hébergea au château ; mais messire Gauvain avec ses frères et ses gens descendit chez le vavasseur d'Escalot. Et, comme il y resta pour souper au lieu d'aller manger avec le roi, il fut servi par Passerose : car sachez qu'en ce temps-là les chevaliers errants étaient toujours servis par quelque gentille femme, s'il en était au logis, et qui jamais ne s'asseyait à table devant qu'ils eussent achevé de manger ; telle était la coutume au royaume de Logres. Or la demoiselle d'Escalot était l'une des plus belles pucelles et des mieux faites du siècle : les cheveux plus luisants qu'un hanap d'or, tressés avec des galons d'or et de soie, la chair aussi blanche et tendre que la neige qui tombe, les yeux brillants comme ceux d'un faucon de montagne, mais riants ; de sa beauté, la salle était tout illuminée ! Et messire Gauvain la regardait avec tant de plaisir qu'il oubliait presque de souper.

— Sire, lui demanda-t-elle, le tournoi a-t-il été bon ? Qui en a mérité le prix ?

— Demoiselle, c'est un chevalier nouveau dont je souhaiterais d'avoir la prouesse, le plus prud'homme que j'aie vu depuis longtemps. Mais tant y a que je ne sais comment il se nomme.

– Quelles armes portait-il ?

– Rouges, et sur son heaume une manche de dame ou de demoiselle. Si j'étais femme, je voudrais que cette manche eût été mienne, et que celui qui la porte m'aimât d'amour ; jamais on ne vit de manche mieux employée !

Après souper, le sire d'Escalot mena ses hôtes s'ébattre au verger qui était derrière la maison. Là, messire Gauvain le fit asseoir à sa droite, entre lui et Gaheriet, et Passerose à sa gauche ; et Gaheriet, qui voyait bien que son frère souhaitait de parler seul à seule à la pucelle, prit le vavasseur à part, de manière que messire Gauvain mit en paroles la belle et ne tarda guère à la requérir d'amour.

– Ha, messire Gauvain, ne vous moquez pas de moi ! répondit-elle ; vous êtes un trop haut et riche homme pour aimer une pauvre demoiselle comme je suis. Et, d'ailleurs, m'aimassiez-vous au point que le cœur vous en crevât, ce serait peine perdue, car j'ai donné le mien à un chevalier ; dès que je le vis, mon âme s'enfuit vers lui, et, par Dieu ! il n'est pas moins vaillant ni moins prisé que vous : c'est l'un des plus prud'hommes du monde !

Messire Gauvain fut très chagriné de se voir si fermement éconduit.

– Par courtoisie, demoiselle, faites que l'on puisse savoir s'il est meilleur que moi aux armes. Et, du moins, dites-moi son nom.

– Sire, pensez-vous que je risquerai de faire mourir l'un des deux meilleurs chevaliers du siècle en vous laissant combattre corps à corps ? Quant à son nom, je ne le sais point, mais vous pourrez voir son écu, car il est pendu dans la chambre où vous coucherez.

Aussitôt messire Gauvain se leva et, prenant Passerose par la main, il rentra au logis, suivi des autres, qui s'étaient mis debout en même temps que lui, par déférence. Et, dès qu'il eut jeté les yeux sur l'écu pendu à la muraille de sa chambre, il reconnut que c'était celui de Lancelot. Aussi dormit-il peu, tant il pensait aux amours de son ami. « J'aurais cru, se disait-il, que Lancelot eût mis son cœur en quelque lien plus haut. Mais on ne peut le blâmer d'aimer cette demoiselle, car elle est si belle et avenante que le cœur le plus noble est avec elle bien employé. »

Au matin, quand le roi lui eut mandé qu'il était temps de partir, il alla prendre congé du vavasseur, puis il vint trouver la pucelle.

– Demoiselle, ne vous souciez de rien que je vous aie dit hier. Celui que vous aimez est meilleur chevalier que moi et beaucoup plus beau et avenant, et, si j'avais pensé que ce fût lui, certes je n'eusse point entrepris de vous parler d'amour, quoique vous soyez la demoiselle dont je préférerais d'être aimé. Pour Dieu, si j'ai dit quelque chose qui vous déplaise, je vous prie de me le pardonner et de ne parler de rien à votre ami ! D'être aimée de lui, vous valez davantage. Il s'est toujours si bien celé à tout le monde que nul n'a jamais pu connaître le nom de sa dame.

– Cela vaut mieux, sire : amour découvert ne peut monter à grand prix.

– Demoiselle, je vous recommande à Dieu. Saluez de par moi votre ami, car je pense que vous le verrez avant longtemps.

Là-dessus, il descendit dans la rue avec ses gens et rejoignit le roi son oncle.

## V

Tout en cheminant, il lui demanda s'il savait le nom du prud'homme qui avait vaincu à Winchester.

– Gauvain, beau neveu, répondit le roi, je l'ai deviné, et vous auriez bien dû le reconnaître aux merveilles d'armes qu'il fit, car nul, hors lui, n'aurait pu tant faire. Nommez-le : je verrai si vous dites vrai.

– C'est Lancelot du Lac.

– Oui, et sachez qu'il est venu secrètement parce qu'il ne voulait pas que personne refusât de jouter avec lui, le connaissant. Et si j'en eusse cru Agravain, je l'aurais fait tuer. Votre frère vint me demander, l'autre jour, comment j'avais le cœur de tenir Lancelot auprès de moi, qui aimait ma femme de fol amour et l'avait connue charnellement. Il voulait me faire accroire que Lancelot refusait d'aller au tournoi afin de voir la reine seul à seule tandis que je serais à Winchester. Et en effet, si Lancelot aimait la reine, il n'aurait pas quitté Camaaloth ! D'ailleurs, fût-il épris d'elle, je ne puis croire qu'il me ferait une si grande déloyauté que de me honnir : dans un cœur où gît tant de prouesse la trahison ne peut entrer, ou bien c'est la plus grande diablerie du monde !

– Certes, sire, jamais Lancelot n'aima la reine de fol amour ! Personne n'ignore qu'il a eu pour amie la fille du roi Pellès, dont est né Galaad, le bon chevalier qui a mis fin aux aventures du Saint Graal. Et je sais qu'à cette heure il est épris de l'une des plus belles demoiselles du royaume de Logres, et elle de lui.

À ces mots le roi Artus se mit à rire et il requit plusieurs fois son neveu de lui apprendre le nom de cette demoiselle. Messire Gauvain s'en défendit quelque temps, mais enfin il confessa que c'était Passerose, la fille du vavasseur d'Escalot.

– Hier, ajouta-t-il, à cause de sa grande beauté, je la priai d'amour ; mais elle m'éconduisit très bien, disant que son cœur était à Lancelot.

Et il conta ce qui s'était passé chez le vavasseur. Ainsi causant de ces choses et de beaucoup d'autres, le roi et messire Gauvain arrivèrent à Gamaaloth.

# VI

Après le souper, la reine Guenièvre les tira tous les deux dans l'embrasure d'une fenêtre et leur demanda s'ils savaient le nom du chevalier qui avait vaincu au tournoi.

– Dame, répondit messire Gauvain, c'est peut-être un étranger. Il avait un écu vermeil comme un nouveau chevalier et sur son heaume une manche de dame ou de demoiselle.

– Lancelot n'était donc pas au tournoi ? Je sais pourtant qu'il y est allé en secret.

– Dame, s'il y est venu, il faut qu'il ait vaincu. Et le chevalier à la manche, c'était donc lui.

– Que dites-vous, beau neveu ! Lancelot n'e'st pas si attaché à aucune dame ou demoiselle qu'il en porte l'enseigne à son heaume !

Là-dessus, le roi commença de mener grande joie.

– Dame, s'écria-t-il, sachez que le vainqueur du tournoi, c'est Lancelot ! À cette heure, sans doute séjourne-t-il à Escalot auprès d'une demoiselle qu'il aime d'amour et qui est des plus belles du monde. Beau neveu, répétez ce que vous m'avez dit.

– Mais de quelle façon était l'écu que vous vîtes dans la chambre ? demanda la reine quand messire Gauvain eut achevé.

– Dame, il était blanc à deux lions d'azur couronnés.

– C'est bien l'écu que Lancelot emporta !

Elle causa quelques moments encore avec le roi et monseigneur Gauvain, puis elle se leva et se retira dans sa chambre où, dolente comme jamais femme ne le fut davantage, elle se mit à pleurer. « Dieu, pensait-elle, comme il m'a trompée vilainement, celui en qui je croyais que fût toute loyauté ! Ha, je me vengerai de lui et de la demoiselle si je puis ! » Toute la nuit les larmes coulèrent sur son clair visage ; enfin, au matin, elle manda Lionel et l'interrogea.

– Lionel, êtes-vous allé au tournoi ?

– Oui, dame.

– Et y avez-vous vu votre cousin ?

– Nenni, car il n'y est pas venu. Il nous aurait parlé !

– Sachez pourtant qu'il y est allé. C'est lui qui a vaincu : il avait des armes rouges et sur son heaume une manche de dame ou de demoiselle.

– Sauve votre grâce, je ne le voudrais pour rien au monde, car celui que vous dites quitta le tournoi navré d'une blessure que je lui fis au côté.

– Maudite soit l'heure où vous avez failli à l'occire ! Ha, jamais je n'aurais pensé qu'il fît ce qu'il a fait ! À cette heure, il est à Escalot auprès d'une demoiselle qu'il aime d'amour et qui sans doute l'aura surpris par quelque philtre ou charme. Nous pouvons bien dire que nous l'avons perdu, moi et vous, car elle l'a si bien arrangé qu'il ne pourrait s'éloigner d'elle si même il le voulait !

Et elle lui dit ce qu'elle savait.

– Dame, fit Lionel, ne croyez pas tout cela. Dieu m'aide ! je ne puis penser que Lancelot ait ainsi faussé envers vous !

– Celui qui m'a conté ces choses est le chevalier du monde le plus vrai. Et si Lancelot venait demain à la cour, je lui défendrais de mettre le pied chez moi.

– Je vous dis, dame, que jamais messire ne fit ce dont vous l'accusez.

– Ha, la preuve de son méfait est trop sûre ! Sachez que jamais, tant que je vivrai, je ne laisserai Lancelot du Lac en paix !

– Dame, puis donc que vous vous êtes si fort éprise de haine et de félonie envers notre seigneur et cousin, nous, les siens, nous n'avons plus rien à faire ici. Et c'est pourquoi je prends congé de vous. Demain matin, nous partirons en quête de monseigneur Lancelot, et, quand nous l'aurons trouvé, nous nous en irons avec lui dans la Petite Bretagne, notre pays, auprès de nos hommes que nous n'avons pas vus depuis longtemps. Là, s'il plaît à Dieu, nous nous tiendrons en joie, car sachez-le, dame : nous n'eussions pas demeuré ici comme nous avons fait, si ce n'eût été pour l'amour de notre seigneur ; et lui-même, depuis la quête du Saint Graal, n'y est resté que pour vous, qu'il a plus loyalement aimée que jamais chevalier n'aima son amie.

À ces mots, les larmes montèrent aux yeux de la reine. Mais Lionel était déjà sorti. Il alla conter à Hector des Mares ce qu'elle lui avait dit, et tous deux maudirent l'heure où Lancelot avait connu la reine Guenièvre. Puis ils furent prendre congé du roi, qui le leur donna à regret, et dès le lendemain tout le lignage du roi Ban de Benoïc et du roi Bohor de Gannes quitta la cour. Mais le conte laisse à cet endroit de parler d'eux et retourne à Lancelot qui gisait, blessé, chez la tante du chevalier d'Escalot.

## VII

Aussitôt après le départ de messire Gauvain, Passerose s'était rendue auprès de lui, au manoir de sa tante, et, quand elle vit sa plaie si profonde et dangereuse, elle ne sut que devenir. Un mois, Lancelot demeura entre la vie et la mort. Enfin il commença de se sentir mieux et bientôt il retrouva toute sa beauté : tant que la pucelle, qui le veillait jour et nuit, n'y put bientôt plus durer.

Un jour, elle vint à lui, aussi bien atournée qu'elle avait pu.

– Sire, dit-elle, ne serait-il pas bien vilain le chevalier que je prierais d'amour et qui me refuserait ?

– Demoiselle, il le serait s'il avait le cœur libre ; mais, sinon, nul ne devrait le blâmer de vous éconduire. Et je vous dis cela pour moi, car, si vous étiez telle que vous fussiez éprise de moi et que je fusse mon maître comme le sont d'eux-mêmes maints chevaliers, certes je me tiendrais pour heureux : je n'ai jamais vu une demoiselle plus aimable que vous.

– Comment, sire ? Ne pouvez-vous disposer de votre cœur à votre volonté ?

– J'en fais bien mon vouloir, demoiselle, puisqu'il est où je veux qu'il soit. Et en nul lieu il ne pourrait être mieux placé qu'en celui où je l'ai mis. À Dieu ne plaise qu'il s'en échappe : je ne saurais plus vivre un seul jour !

– Las, sire, c'est assez ! Que ne m'avez-vous parlé moins ouvertement ! Vous m'eussiez mise en une langueur douce encore, et l'espérance m'eût laissé quelque joie. Sachez que, du jour que je vous vis, je vous aimai plus que femme ne fit jamais. Je ne puis plus boire, ni manger, ni dormir, ni reposer ; je ne sais plus que souffrir nuit et jour. C'est par la mort seulement que mon cœur s'arrachera de vous !

Là-dessus, elle fut trouver son frère et lui confia qu'elle aimait le blessé à en trépasser.

— Sœur, lui dit-il tout dolent, encore que vous soyez une des pucelles les plus belles du monde, il faut que vous mettiez votre cœur plus bas, car vous ne pourriez cueillir le fruit d'un si haut arbre.

Mais elle fut se coucher dans son lit, dont elle ne sortit que morte, comme le conte en devisera plus loin.

## VIII

Or, il est dit en cette partie qu'en quittant Camaaloth, Hector et Lionel allèrent droit à Escalot où ils pensaient avoir des nouvelles de leur seigneur. Le vavasseur les hébergea et, quand ils entrèrent dans la chambre où était pendu l'écu de Lancelot, ils le reconnurent très bien : c'était le dernier qu'on lui eût fait faire.

— Bel hôte, dit Lionel, je vous conjure par ce que vous aimez le mieux de nous apprendre où se trouve présentement le chevalier qui laissa céans cet écu. Et si vous ne voulez nous le dire pour nos prières, assurez-vous que nous vous combattrons et nuirons autant que nous pourrons.

— Si c'est pour son bien que vous le cherchez, je vous enseignerai où il est. Autrement, nulle menace ne m'y contraindra.

— Par tout ce que je tiens de Dieu, je vous jure que nous sommes ceux qui l'aiment le plus au monde !

Alors le vavasseur leur apprit qu'il était chez sa sœur, non loin de Winchester. Et le lendemain il leur donna pour les conduire son fils aîné, de manière que le soir même ils arrivèrent au manoir de la dame.

Quand il les vit entrer dans la cour, ne demandez pas si Lancelot fut joyeux ! Il courut les accoler, car il pouvait marcher assez bien, mais non pas encore chevaucher. Et ils lui demandèrent s'il serait bientôt rétabli.

– Prochainement, répondit-il, s'il plaît à Dieu. Mais la plaie était si profonde que j'ai été longtemps en péril de mort ; et si je puis connaître le chevalier qui me la fit et le retrouver en quelque tournoi, il sentira que mon épée est capable de trancher un haubert d'acier !

À ces mots, Hector se mit à rire et à battre des mains, et il dit à Lionel :

– On verra donc comment vous vous comporterez, car celui à qui vous aurez affaire n'est pas le plus couard du monde !

– Hélas ! beau sire, dit à son cousin Lionel tout dolent, vous étiez déguisé en nouveau chevalier, vous qui avez porté les armes durant plus de vingt-cinq ans, de sorte que je ne vous avais pas reconnu !

Lancelot répondit à Lionel que, du moment qu'il en était ainsi, il ne lui savait pas mauvais gré de la blessure qu'il avait reçue.

– Beau sire, fit alors Hector, sachez que vous m'avez fait éprouver l'acier de votre lance à un moment où je ne le désirais nullement !

Ainsi causant à grande joie du tournoi de Winchester et d'autres choses, ils demeurèrent chez la tante des deux chevaliers d'Escalot toute la semaine, tant qu'enfin Lancelot se trouva guéri. Alors il voulut regagner la cour, car Lionel n'avait pas osé lui répéter les cruelles paroles que la reine avait dites de lui. Mais le conte retourne maintenant au roi Artus.

## IX

En revenant de Tannebourg où il était allé visiter le duc de Cambenic, il s'égara avec ses chevaliers dans la forêt Perdue. La nuit tombait : on commençait de dresser les tentes et pavillons, lorsqu'on entendit, au loin, sonner du cor. Sagremor le desréé avait déjà sauté à cheval ; et, au bout de peu de temps, il revint dire qu'un petit château très bien crénelé et clos de bons murs, hauts et épais, se dressait à quelque distance. En effet, le roi et ses gens furent émerveillés de la beauté de la forteresse. Le pont était baissé, la porte grande ouverte ; dans la cour brillaient mille torches et cierges, et il n'y avait pas un mur qui ne fût tendu de soie : jamais aucune église ne fut pareillement encourtinée. La dame du château attendait dans la salle, entourée de ses chevaliers et de ses demoiselles qui étaient vêtus à merveille. Et au moment que le roi entra, tous et toutes crièrent d'une seule voix :

– Sire, soyez le bienvenu céans ! Bénite la route qui vous amena !

Or la dame était Morgane la déloyale, et c'est dans ce manoir qu'elle avait tenu Lancelot en prison durant deux hivers et un été, alors qu'il sortait du Château aventureux, comme le conte l'a dit en temps et lieu. Le roi lui fit la plus grande joie du monde, car elle était sa sœur, fille d'Ygerne et du duc de Tintagel, et il l'avait crue morte et trépassée du siècle. Elle le conduisit dans une chambre où un bain l'attendait, chaud, coulé deux fois, parfumé de bonnes herbes. Et quand les pucelles eurent bien frotté le roi, elles lui passèrent une robe d'écarlate et le ramenèrent dans la salle tendue de draps de soie et jonchée de menthe et de glaïeuls, où elles le firent asseoir dans une très belle et riche chaire devant la table mise. Chacun y prit place, puis on donna à laver et deux belles dames vinrent tenir les manches du roi ; après quoi les demoiselles commencèrent d'apporter les mets, dont il y avait une telle abondance qu'on eût cru que tout avait été prévu depuis un mois ; et aussi bien cela se peut-il, car Morgane était savante en nigromance. Quant à la vaisselle d'or et d'argent, tout le trésor de Logres n'en eût pas fourni davantage. Et à la fin on apporta un grand pâté d'où, sitôt qu'un écuyer y eut mis le couteau, s'échappèrent une multitude d'oiselets sur lesquels on lâcha des émerillons. Si bien que le roi ne cessait de se demander d'où tant de richesses pouvaient être venues à sa sœur.

Quand il eut bu et mangé autant qu'il lui plut, des instruments se firent entendre dans une chambre voisine, sonnant tous ensemble et avec tant de douceur qu'il n'avait jamais ouï une mélodie plaisante à ce point. Enfin deux belles demoiselles entrèrent, qui portaient dans des chandeliers d'or des cierges allumés ; et elles vinrent s'agenouiller devant le roi et dirent :

– Sire, si tel était votre plaisir, il serait grand temps de vous reposer, car il est déjà tard dans la nuit et vous avez tellement chevauché aujourd'hui que vous êtes bien fatigué, à ce que nous croyons.

Il se leva et elles le conduisirent dans la chambre même où Lancelot avait été emprisonné longuement et où il avait peint pour se distraire toutes ses chevaleries et ses amours avec la reine Guenièvre. Et, après qu'elles l'eurent dévêtu, il se coucha et s'endormit.

Le matin, à la pointe de l'aube, Morgane entra et ouvrit la fenestrelle. Il sauta de son lit et courut l'accoler en braies et en chemise. Alors elle lui demanda en don de rester plusieurs jours chez elle, où elle veillerait qu'il fut aussi aise que dans la meilleure cité de son royaume. Ce qu'il lui accorda.

– Douce sœur, puisqu'il plaît à Dieu que je vous aie retrouvée, ajouta-t-il, je vous emmènerai avec moi. Vous ferez compagnie à la reine Guenièvre, ma femme, et elle en sera joyeuse.

– Beau doux frère, jamais je n'irai à votre cour, car il s'y passe ce que je ne voudrais voir. Je me retirerai plutôt dans l'île d'Avalon, où vont les dames qui savent les enchantements.

Ainsi parlait Morgane parce qu'elle haïssait à mort la reine au corps gent. Et à cet instant, justement, le soleil frappait de toutes parts dans la chambre, si bien que le roi commença de remarquer les images que jadis Lancelot avait peintes sur les murs. Et l'on y voyait sa première entrevue avec la reine à Camaaloth, et comme il avait été ébahi de sa beauté ; puis tout ce qu'il avait fait pour l'amour de sa dame, et comment elle lui avait donné un baiser dans la prairie des arbrisseaux, et pourquoi les deux parties de l'écu fendu s'étaient rejointes à la Roche aux Saines, et comment un mot d'elle l'avait mis en frénésie, et toutes leurs amours, et toutes ses prouesses : de façon que le roi connut en un instant ce qu'il n'avait jamais su.

– Par mon chef, dit-il à mi-voix, si ces images sont vraies, Lancelot m'a honni avec ma femme ! Douce sœur, je vous requiers par la foi que vous me devez de me dire ce que ces peintures représentent.

– Ha, sire, répondit Morgane la déloyale, que me demandez-vous ! Ne savez-vous pas que Lancelot aime la reine Guenièvre et que c'est pour elle qu'il accomplit toutes ces chevaleries que vous voyez peintes ? Longtemps il languit, comme celui qui n'ose découvrir son cœur. Mais, après l'assemblée de Galore, il se lia avec Galehaut, le fils de la belle géante, dont il fit la paix avec vous, comme le montre l'image que voici. Galehaut s'aperçut qu'il avait perdu le boire et le manger tant il aimait sa dame, et il pria tant la reine qu'elle se donna à Lancelot : elle fut saisie d'amour par un baiser ; cette peinture-ci fait voir comment.

– Assez ! Je n'en demande pas plus. J'aperçois ma honte et la trahison de Lancelot. Qui a fait ces images ?

– Lancelot lui-même, de sa main, dit Morgane.

Et elle conta comment elle l'avait retenu en prison durant un an et demi, et qu'il s'était enfui en brisant les barreaux avec la force d'un diable, dit-elle, plus que d'un homme.

Le roi cependant regardait les peintures.

– Mon neveu Agravain, murmura-t-il enfin, m'a dit cela l'autre jour, mais je ne l'en ai point cru. Si Lancelot me honnit avec ma femme, je ferai tant que je les prendrai sur le fait, et alors je tirerai d'eux une telle vengeance qu'à toujours on en parlera, ou bien je ne porterai plus jamais couronne !

– Si vous ne vengiez votre honte, Dieu et le monde devraient vous mépriser, répondit Morgane.

Durant les sept jours que le roi demeura chez elle, elle ne cessa de l'exhorter ainsi, car elle haïssait Lancelot parce qu'elle savait que la reine l'aimait. Et, afin que nul n'entrât plus dans la chambre aux images, le roi en fit murer la porte. Mais le conte, à présent, laisse ce propos et revient à Lancelot qui chemine en compagnie des siens vers la cité de Camaaloth.

## X

La reine, qui était à l'une des fenêtres du palais, les vit descendre dans la cour, et, sitôt qu'ils gravirent les degrés de la salle, elle en sortit et se jeta dans une chambre où Lionel la suivit tandis que chacun faisait joie à Lancelot. Il la trouva, assise sur un lit, qui avait bien la mine d'une femme irritée. Et quand il l'eut saluée et qu'elle lui eut souhaité la bienvenue :

– Dame, lui dit-il, nous vous amenons monseigneur Lancelot, qui était depuis longtemps éloigné d'ici.

– Je ne le puis voir.

– Ha, dame, pourquoi ?

– Je n'ai point d'yeux qui consentent à regarder Lancelot, ni de cœur qui consente à lui parler.

– Le haïssez-vous donc si fort ?

– Jamais je ne l'aimai autant que je le hais aujourd'hui.

– Dame, il n'est qu'une chose au monde que craigne messire mon cousin : c'est votre courroux, et, s'il savait les paroles que vous m'avez dites, je n'arriverais pas à temps pour l'empêcher de se tuer de chagrin. Aussi bien, un prud'homme qui aime longuement d'amour finit toujours par être honni : la vraie histoire des anciens Juifs et Sarrasins le fait assez voir. Regardez celle du roi David : son fils, la plus belle créature que Dieu ait jamais formée, lui fit la guerre pour complaire à une femme et en mourut vilainement ; ainsi trépassa le plus beau des Juifs. Et voyez Salomon même ; Dieu lui donna plus de science et de vertu qu'un cœur d'homme n'en a jamais eu : il renia Dieu pour une femme, par laquelle il fut honni et trompé. Samson le fort, le plus vigoureux homme né de mère pécheresse, reçut la mort par une femme. Hector et Achille, qui eurent la louange et le prix des armes et de la prouesse sur tous les chevaliers de l'ancien temps, ils furent occis, et plus de cent mille hommes avec eux, pour une femme que Paris le berger enleva de force en Grèce. Et de notre temps même, il n'y a pas cinq ans, Tristan, le neveu du roi Mark, qui aima si loyalement Iseut la blonde et jamais de son vivant ne lui manqua en rien, il mourut par elle. Vous ferez pis que toutes ces dames, car vous pouvez bien voir que messire Lancelot est le plus beau chevalier du monde, le plus preux, le plus hardi, le plus noble ; vous ferez périr avec son corps toutes les grâces par lesquelles on gagne de l'honneur dans le siècle ; ha, vous ôterez le soleil d'entre les étoiles et de cette terre la fleur de toute chevalerie ! Et tel est le grand bien que notre lignage tirera de vos amours.

– Lionel, répondit la reine, si ce que vous dites advenait, nul n'y perdrait autant que moi, car j'y perdrais mon corps et mon âme. Pourtant laissez-moi, car vous n'aurez d'autre réponse.

Alors Lionel la quitta et revint à Lancelot.

– Sire, lui dit-il après l'avoir tiré à l'écart, il m'est avis que nous quittions cette cité. Madame la reine vous défend son hôtel, et à tous ceux qui viendraient de par vous.

Puis il lui conta comment la reine Guenièvre s'était offensée en apprenant qu'il avait porté la manche d'une dame au tournoi de Winchester, et comment elle avait dit que jamais il ne trouverait plus d'amour en elle. Dont Lancelot fut si accablé, qu'il demeura très longtemps sans sonner mot.

– Amour, s'écria-t-il enfin, telle est la récompense qu'on a de t'avoir servi ! Dussé-je ne plus jamais parler à ma dame, si elle m'avait pardonné, je m'en irais moins tristement ; mais sachant son courroux et sa haine, hélas, je ne pourrai longtemps durer ! Beau cousin, conseillez-moi, car je ne sais que faire de moi !

– Sire, si vous pouviez vous tenir loin d'elle, un mois ne serait point passé qu'elle vous ferait quérir. Promenez-vous par ce pays, suivez les tournois, ébattez-vous du mieux possible. Vous avez autour de vous une grande partie de votre parenté, qui vous fera belle et noble compagnie où que vous alliez.

– Ha, je n'ai cure de compagnie ! J'emmènerai un seul écuyer.

– Mais, s'il vous arrivait malheur, comment le saurions-nous ?

– Celui qui m'a protégé jusqu'ici ne souffrirait pas que vous l'ignorassiez.

Et sans plus de paroles, Lancelot fut dire à ses gens qu'il lui fallait partir pour aller à une affaire et qu'il ne voulait emmener qu'un seul valet appelé Anguys.

– Sire, lui dirent-ils, ne manquez pas de vous trouver la semaine prochaine au tournoi de Camaaloth.

Toutefois il ne voulut pas le leur promettre et, après les avoir recommandés à Dieu, il se sépara de ses amis charnels. Et eux-mêmes ils quittèrent la cour dès le lendemain. Mais le conte parle à présent du roi Artus.

## XI

En rentrant à Camaaloth, quand il sut que Lancelot n'était resté qu'un seul jour dans la ville, son cœur fut plus aise. « Si Lancelot aimait la reine de fol amour, songea-t-il, il ne se serait pas éloigné si tôt. » Cela le fit douter de ce que Morgane la déloyale lui avait dit et il pensa que peut-être les peintures ne représentaient pas la vérité ; néanmoins il ne retrouva pas toute sa confiance passée.

Et peu après il advint que messire Gauvain dîna à la table de la reine, avec d'autres prud'hommes, dans une chambre proche de la grande salle. Un chevalier nommé Averlan, qui le haïssait mortellement, avait fait secrètement placer devant la reine un fruit empoisonné, pensant qu'elle le donnerait tout d'abord à goûter à son neveu, puisqu'il était assis à côté d'elle et qu'il était le plus haut baron. Mais elle offrit du fruit à son autre voisin, un compagnon de la Table ronde appelé Gaheris de Kareheu, lequel en mangea aussitôt pour l'amour d'elle et tomba mort dès que le morceau lui eut passé le cou. Ce que voyant, tous les chevaliers se levèrent de table, ébahis.

L'un d'eux se hâta d'aller conter la nouvelle au roi, qui se signa de surprise, et vint tout courant voir ce qu'il en était, suivi de ceux qui mangeaient en sa compagnie.

– C'est trop de méchanceté, s'écria-t-il d'abord, tandis que plusieurs de ses barons murmuraient :

– La reine a vraiment servi la mort !

Or la reine était tellement étonnée, qu'elle ne savait que penser.

– Dieu m'aide ! fit-elle. Si j'eusse su que le fruit était envenimé, je ne le lui eusse pas offert pour la moitié du monde ! Je ne lui demandai d'en manger avant moi que par débonnaireté.

– Dame, reprit le roi, de quelque façon que vous le lui ayez donné, vous avez fait une vilaine et mauvaise action.

Et il commanda qu'on enterrât Gaheris à grand honneur, comme il convenait à un si prud'homme : en sorte que le corps fut enseveli dans l'église de monseigneur Saint Étienne, qui était la principale de la cité de Camaaloth. Le roi Artus et tous ceux qui étaient à la cour eurent tant de chagrin d'une mort si laide et si vilaine, qu'ils n'en parlèrent qu'à peine entre eux ; toutefois les compagnons de la Table ronde firent graver sur la tombe des lettres qui disaient :

Ci-gît Gaheris le blanc de Kareheu, frère de Mador de la Porte, qui trépassa d'un fruit empoisonné que la reine lui donna.

Car telle était la coutume de la Table ronde, qu'on inscrivait sur la tombe des compagnons leur nom et comment ils étaient morts.

## XII

Trois jours plus tard, Mador de la Porte arriva à la cour. On le savait de grand cœur, et il n'y eut personne assez hardie pour lui donner des nouvelles de Gaheris, qu'il aimait de bon amour et comme un frère doit aimer son frère. Un matin, cependant, qu'il était allé à Saint-Étienne entendre la messe, il aperçut une tombe nouvelle et s'en approcha ; ah ! quand il eut lu les lettres qui y étaient inscrites, c'est alors que vous eussiez pu voir un homme ébahi et éperdu ! il ne pouvait croire que ce fût vrai ! En se retournant, il avisa un chevalier d'Écosse qui le regardait et le conjura de répondre à ce qu'il lui demanderait.

— Mador, fit l'autre, je sais bien ce que vous voulez me demander. Il est vrai que la reine a occis votre frère, comme l'écrit le raconte.

— Je le vengerai selon mon pouvoir ! s'écria Mador.

Et il se rendit sur-le-champ dans la salle où le roi Artus était à son haut manger, et là il dit à si haute voix que tout le monde l'entendit :

— Roi Artus, si tu es loyal comme un roi doit l'être, fais-moi droit en ta cour !

— Dites ce qu'il vous plaira : je vous ferai droit selon mon pouvoir et le jugement de mes barons.

— Sire, reprit Mador en laissant tomber son manteau, j'ai été durant quarante-cinq ans votre homme : je reprends mon hommage et me dévêts de votre terre, car il ne me plaît plus de rien tenir de vous. La reine Guenièvre a occis par trahison mon frère Gaheris ; si elle veut le nier, je suis prêt à le prouver par mes armes et mon corps contre tel chevalier qu'elle choisira. Et je vous requiers de me faire justice.

Bien dolent, car il craignait fort pour la reine, le roi la fit appeler devant la cour. Et elle entra dans la salle, dont on avait ôté les tables, le front baissé et faisant bien mine de femme inquiète, escortée à sa droite par monseigneur Gauvain, à sa gauche par Gaheriet, les deux chevaliers les plus prisés de la parenté du roi Artus. Mais, quand le roi lui eut dit que Mador l'accusait d'avoir occis par trahison son frère Gaheris, elle releva la tête et demanda :

– Où est ce chevalier ?

– Me voici ! fit Mador en s'avançant.

– Comment, Mador, vous prétendez que j'ai tué votre frère volontairement ?

– Je dis que vous l'avez fait mourir déloyalement, en trahison, et s'il y a ici un chevalier qui vous en ose défendre, je suis prêt à le rendre mort ou recréant ce soir même, ou demain, ou tel jour que la cour désignera.

La reine regarda tout autour d'elle, cherchant quelqu'un qui s'offrît à la soutenir ; mais elle ne vit que des yeux baissés et des chefs inclinés, car tous savaient bien qu'elle avait tort et Mador droit, et que, si même ils vainquaient, on dirait que c'était contre justice et loyauté. Elle en fut tout éperdue ; pourtant elle répondit au roi malgré son angoisse :

– Sire, je vous prie en nom Dieu de me faire connaître la décision de votre cour.

– Dame, ma cour dit que, si vous niez le méfait dont on vous accuse, vous avez quarante jours de répit pour prendre conseil et chercher quelque prud'homme qui soutienne votre cause par ses armes et son corps.

– Sire, ne trouverai-je en vous quelque autre conseil ?

– Nenni, car ni pour vous ni pour autrui je ne sortirai du droit et du jugement des prud'hommes qui sont céans.

– Sire, je vous demande donc le répit de quarante jours. D'ici là, s'il plaît à Dieu, je trouverai un chevalier pour me défendre ; sinon, vous pourrez faire de moi ce que la cour décidera.

Le roi accorda le délai, qui devait expirer le lendemain du tournoi de Camaaloth.

– Sire, dit Mador, est-ce me faire droit que d'octroyer un si long répit ?

– En vérité, oui, sachez-le.

– Je me présenterai donc au jour dit, à moins que la mort ne me détienne.

Là-dessus, il quitta la salle, menant si grand deuil du trépas de son frère, qu'il n'était personne qui le vit sans en avoir pitié. Et la reine demeura toute dolente et angoissée, car elle craignait de ne trouver aucun chevalier pour faire sa bataille en dehors des parents du roi Ban. Ceux-là, sans doute, ne lui eussent pas manqué s'ils eussent été à la cour ; mais elle les avait éloignés en chassant Lancelot et ils avaient disparu sans laisser ni voie ni vent, aussi parfaitement que s'ils se fussent jetés en quelque abîme. Ah ! sachez qu'elle se repentait durement !

## XII

Le lendemain, dit le conte, quand le roi eut fini de manger avec ses chevaliers, il se mit à l'une des fenêtres du palais, qui donnait sur la rivière, et demeura là longtemps, la tête basse, à songer que la reine n'aurait point de champion, puisque tous l'avaient bien vue donner du fruit à Gaheris. Soudain il aperçut une nacelle qui dérivait au fil du courant, couverte d'un grand et riche drap de soie dont les pans traînaient dans l'eau. Elle vint d'elle-même s'arrêter au pied de la tour ; alors le roi appela son neveu et tous deux descendirent pour la voir.

– Par ma foi, dit messire Gauvain, les aventures recommencent !

Il sauta dans la nacelle, souleva le drap et découvrit un lit sur lequel gisait le corps d'une demoiselle jeune et d'une grande beauté.

– Sire, s'écria-t-il, voici la pucelle que Lancelot aimait d'amour !

Ce disant, il tirait une lettre de l'aumônière qui pendait à la ceinture de la morte. Le roi remonta dans la salle pour se la faire lire : grâce à quoi la reine, ses dames, les prud'hommes qui étaient là, tout le monde l'entendit.

À tous les chevaliers de la Table ronde, salut ! Je, Passerose, la demoiselle d'Escalot, vous fais assavoir que je mourus d'amour, et, si vous demandez pour qui, je vous dirai que c'est pour le plus vaillant, mais aussi le plus cruel chevalier du monde, qui a nom Lancelot du Lac, car vainement je l'ai prié à pleurs et sanglots d'avoir merci de moi.

– Ha, demoiselle, fit seulement le roi, vous pouvez bien dire qu'il était cruel, celui pour qui vous expirâtes !

Et il commanda qu'on enterrât la pucelle à Saint-Étienne et qu'on gravât sur sa tombe en lettres d'azur et d'or qu'elle était morte pour Lancelot. Puis il demeura tout songeur.

– Malheureuse, se disait cependant la reine, comment ai-je osé penser que le plus loyal des chevaliers m'avait trahie ? Jamais homme mortel n'aima comme il m'a aimée et m'aime encore ! Et je sais bien que, s'il était ici, il me délivrerait une fois de plus de la mort. Mais il ne saura pas à temps la grande détresse où je suis et il me faudra vilainement périr. Hélas ! il mourra de deuil sitôt qu'il apprendra que j'ai trépassé du siècle !

## XIV

Quand le jour du tournoi fut arrivé, vous eussiez pu voir dans la prairie de Camaaloth jusqu'à cent vingt Chevaliers, tant d'un parti que de l'autre, dont il n'y avait pas un qui ne fût vaillant et prud'homme. Et lorsqu'elle apprit que Lionel au cœur sans frein était là avec toute la parenté de Lancelot, la reine dit joyeusement à l'une de ses demoiselles :

– Ceux-là mettraient leur âme et leur corps en aventure plutôt que de me laisser recevoir un affront ! Je suis bien sûre maintenant de ne pas mourir. Béni soit Dieu qui les a amenés !

Lionel fit tant d'armes qu'il remporta le prix, et le roi Artus, qui l'avait bien reconnu, s'avança à sa rencontre et lui demanda de rester à la cour.

– Sire, répondit Lionel, je n'y demeurerai en aucune manière tant que messire Lancelot, mon cousin, n'y sera point. Sachez que je ne serais pas venu à ce tournoi, si je n'eusse espéré de l'y trouver. Ha, je crains fort que vous ne le voyiez de longtemps !

– Pourquoi ? Est-il donc courroucé contre nous ?

– Sire, si vous voulez en savoir davantage, interrogez quelque autre.

Là-dessus, il s'en fut trouver la reine qui l'avait mandé ; et jamais, certes, elle ne fit plus joyeux accueil à personne ! Elle lui conta qu'elle ne trouvait nul prud'homme pour défendre son droit ; mais il lui répondit rudement que ce n'était pas merveille si les chevaliers lui manquaient, quand elle avait elle-même failli sans raison au meilleur du monde.

– Lionel, quoi que j'aie fait, vous me protégerez, vous, je le sais bien !

– Dame, vous m'avez fait perdre celui que j'aimais plus que tous, mon seigneur et mon cousin ; je ne sais ce qu'il est devenu. Non, je ne vous aiderai point !

À ces mots, la reine se prit à pleurer. Mais Lionel sortit sans plus l'écouter.

Le roi, de son côté, s'était fort mis en peine de lui avoir un champion ; mais chacun lui répondait qu'elle avait tort et Mador droit.

– Sire, lui dit messire Gauvain lui-même, vous savez bien que madame a occis Gaheris et que Gaheris a été tué par trahison : je l'ai vu, ainsi que beaucoup d'autres. Puis-je soutenir sa cause loyalement ? Si vous me jurez, comme roi, que je le puis, je suis prêt à faire la bataille. Sinon, fût-elle ma mère, je ne commettrais pas une déloyauté pour elle.

Le roi ne put rien tirer de plus de son neveu ni des autres prud'hommes. Tout dolent et angoissé, il vint dire à la reine :

– Dame, je ne sais que penser de vous, car tous les chevaliers de ma cour vous abandonnent. Ha, j'aimerais mieux d'avoir perdu mon royaume que de voir de telles choses arriver de mon vivant ! Car je n'ai rien aimé en ce monde comme vous, et je veux que vous sachiez que je vous aime encore. À ces mots la reine se mit à pleurer et lamenter plus fort qu'auparavant.

## XV

Le lendemain, dès l'aube, le palais s'emplit de barons et de seigneurs qui attendaient l'arrivée du chevalier appelant ; et beaucoup avaient grand'peur pour leur dame. Un peu après l'heure de prime, Mador de la Porte mit pied à terre dans la cour, escorté de toute sa parenté, et il monta dans la salle, armé de toutes armes, hormis son heaume, sa lance et, son écu. Il était haut et carré de corps, bien fait de ses membres et blanc comme laine ; il n'y avait guère de plus forts et preux chevaliers que lui.

– Mador, lui dit le roi quand il eut offert son gage, restez céans jusqu'à vêpres ; si, avant ce soir, la reine ne trouve pas quelqu'un pour la défendre, on fera de son corps ce que ma cour décidera.

Alors Mador s'assit dans la salle et autour de lui ses parents ; et ils restèrent ainsi, sans mot dire jusqu'à tierce.

À cette heure, un chevalier entra dans la ville, tout seul, sans écuyer. Il était couvert d'armes blanches, sauf l'écu qui était peint de trois bandes de gueules. Il attacha son cheval à un orme dans la cour du palais, suspendit son écu à une branche, appuya sa lance au tronc et entra dans la salle, heaume en tête. Et à chaque pas qu'il faisait chantaient les mailles de son haubert.

– Roi Artus, dit-il, j'ai entendu conter une grande merveille : c'est qu'aujourd'hui un chevalier appelle la reine Guenièvre de trahison. Jamais on n'avait ouï parler d'une telle folie, quand le monde entier la connaît pour la plus vaillante dame qui ait jamais existé ! Je viens pour la défendre s'il en est besoin.

– Sire chevalier, dit Mador, je suis prêt à montrer qu'elle a déloyalement et traîtreusement occis mon frère Gaheris.

– Et moi, je suis prêt à soutenir que jamais la reine n'a vu là déloyauté, ni trahison.

Mador, qui ne prit pas garde à cette parole, tendit son gage et le chevalier aux blanches armes pareillement. Et quand le roi les eut pris, messire Gauvain lui dit tout bas :

– Sire, je crois bien qu'à cette heure Mador a mauvaise querelle, car, pour ma part, quelle qu'ait été la mort de Gaheris, je jurerais volontiers sur les reliques que la reine n'y a point vu de trahison ni de déloyauté !

Là-dessus, le palais se vida et tous, grands et petits, s'en furent dans la plaine, hors de la ville, où se faisaient ordinairement les combats de justice. Messire Gauvain voulut porter la lance du blanc chevalier et Hector son écu. Et quand les deux champions eurent prêté serment sur les saints, le roi fit approcher la reine et lui dit :

– Dame, voici un chevalier qui pour vous se met en aventure de mort.

– Sire, répliqua-t-elle, Dieu protégera le droit, car il est vrai que je n'ai vu déloyauté ni trahison.

Alors le roi Artus prit l'inconnu par la main et le mena à sa place en lui souhaitant l'aide de Notre Seigneur ; puis il donna le signal, et les deux champions volèrent l'un à l'autre droit comme sagettes.

Ils se heurtèrent d'une telle force qu'ils se percèrent leurs écus et brisèrent leurs lances ; mais Mador fut arraché des arçons et tomba lourdement, non sans se meurtrir pour ce qu'il était grand et pesant. Il se releva tôt, étonné d'avoir trouvé son ennemi si roide à la joute ; mais le chevalier aux blanches armes laissa là son destrier, comme celui qui craindrait d'être blâmé s'il attaquait à cheval un homme à pied : tirant son épée et jetant son écu sur sa tête, il courut sus à Mador et lui donna d'abord un merveilleux coup sur le heaume, après quoi il le mena si durement qu'en peu de temps, blessé dix fois, l'autre n'attendait plus que la mort.

– Mador, lui dit-il, tu vois bien que je te tuerai si cette bataille dure encore. Avoue-toi outré avant que pis ne t'advienne : je ferai tant pour toi que madame la reine te pardonnera et que le roi te rendra ta terre.

À cette franchise et cette débonnaireté, Mador reconnut Lancelot.

– Beau sire, prenez mon épée, dit-il en s'agenouillant. Je me rends à merci et ne m'en tiens pas pour honni, car nul ne saurait durer contre le meilleur chevalier du monde.

Puis il cria au roi :

– Sire, vous m'avez trompé en envoyant contre moi monseigneur Lancelot du Lac.

À ces mots, le roi courut accoler Lancelot tout armé, messire Gauvain vint lui délacer son heaume, et vous eussiez pu voir tous les barons l'entourer et lui faire grande joie, ainsi qu'à la reine : car tant vaut prouesse qu'elle efface tout.

## XVI

Lorsque Lancelot et sa dame se furent retrouvés de la sorte, ils s'entr'aimèrent plus qu'ils n'avaient jamais fait ; même ils en vinrent à se conduire si follement que plusieurs découvrirent leur secret, et parmi eux messire Gauvain et ses frères.

Un jour qu'ils en causaient tous les cinq dans l'embrasure d'une fenêtre, le roi Artus vint à passer près d'eux.

– Voici messire ; taisez-vous ! dit tout bas Gauvain.

Mais le roi entendit Agravain répondre qu'il ne se tairait point et demanda de quoi il s'agissait.

– Ha, sire, ne vous souciez pas de cela ! répondit messire Gauvain. Vous n'en tireriez nul profit, ni autrui.

– Par mon chef, je veux le savoir !

– Sire, ce n'est pas possible ; ce ne sont que fables et contes rapportés par Agravain. Je vous conseille comme à mon seigneur lige de laisser là ce propos.

– En nom Dieu, je vous requiers, de par la foi que vous m'avez jurée, de me dire pourquoi vous étiez ainsi en conseil tous les cinq !

– C'est merveille que de vous voir à ce point curieux de nouvelles ! Dussiez-vous me jeter hors du royaume, je ne vous dirais pas de quoi nous parlions. D'ailleurs, c'est le plus grand mensonge du monde.

Là-dessus, messire Gauvain quitta la chambre en compagnie de Gaheriet et de Guerrehès, et vainement le roi les rappela.

Quand il vit qu'ils ne revenaient point, il emmena Agravain et Mordret dans une chambre et les conjura de lui apprendre ce qu'il avait si grand désir de savoir. Et comme ils répondaient encore qu'ils ne le feraient point, il courut à une épée qui gisait là, sur un lit, la tira du fourreau et en menaça Agravain, criant qu'il le tuerait s'il ne parlait, tant qu'enfin, le voyant échauffé à ce point, l'autre se décida :

– Sire, je disais à mes frères que c'est déloyal à nous, de souffrir si longuement la honte et le déshonneur que Lancelot vous fait : car il connaît charnellement votre femme, nous en sommes certains et assurés.

À ces mots, le roi changea de couleur ; mais il se contint et resta silencieux.

– Sire, fit Mordret, nous vous avons caché cela tant que nous avons pu ; mais il convient qu'enfin votre honte soit vengée.

– Si vous m'aimez, répondit enfin le roi, aidez-moi à prendre Lancelot sur le fait, et alors, si je ne le punis comme un traître qu'il est, que jamais plus je ne porte couronne !

– C'est une dure entreprise que de faire mourir Lancelot, sire : il est fort et hardi et sa parenté puissante ; ils vous feront une rude guerre.

– Beaux neveux, ne vous souciez point de cela ! Mettez-vous au guet et surprenez-les ensemble, je vous en requiers sur le serment que vous me fîtes en devenant compagnons de la Table ronde.

Alors ils lui conseillèrent d'emmener, le lendemain, tous ses gens à la chasse ; Lancelot en profiterait sans doute pour se rendre chez la reine. Et ainsi fut-il convenu.

## XVII

Tout le jour, dit le conte, le roi Artus fit morne visage et, quand messire Gauvain revint au palais en compagnie de Gaheriet et de Guerrehès, il devina d'abord, à la mine de son oncle que ses frères avaient parlé. Lancelot, Hector et Lionel arrivèrent à l'heure du souper : le roi leur tourna le dos. Les tables ôtées, il invita les chevaliers à se rendre avec lui à la chasse le lendemain ; mais, comme Lancelot lui proposait de l'accompagner, il lui dit qu'il se passerait bien de lui pour une fois. Et le soir, quand Lancelot fut rentré à son hôtel, il demanda à Lionel :

– Avez-vous vu quelle mauvaise chère le roi m'a faite ? Je ne sais de quoi il est ainsi courroucé contre moi.

– Sire, ne doutez pas qu'il n'ait appris quelque chose de vous et de la reine. Et mon cœur me dit qu'il adviendra grand mal de cela.

Or, le lendemain, sitôt que le roi fut parti pour la forêt, la reine envoya prévenir Lancelot qui se mit en devoir d'aller la trouver, non toutefois sans se munir de son épée. Et il eut soin de suivre un petit sentier couvert qui traversait le jardin ; mais Agravain et Mordret avaient placé des espions partout, de sorte qu'un garçon vint les avertir. Cependant, Lancelot entrait au palais secrètement et, passant de chambre en chambre, gagnait celle où la reine l'attendait. S'il eut l'idée d'en verrouiller la porte, c'est que Dieu ne voulait pas qu'il fût occis : en effet, à peine était-il couché avec sa dame, les gens d'Agravain et de Mordret arrivèrent et, trouvant l'huis clos, ils tentèrent de le briser.

– Beau doux ami, s'écria la reine quand elle entendit le bruit qu'ils faisaient, nous sommes trahis ! Bientôt le roi saura tout. C'est Agravain et Mordret qui ont tout fait !

– Par Dieu, ils ont donc pourchassé leur mort ! Avez-vous céans quelque armure ?

– Nenni, beau doux ami ! Las ! notre malechance est si grande qu'il nous faudra mourir, moi et vous ! Et pourtant, si vous pouviez vous échapper, il n'est pas né, celui qui me ferait périr tant que vous seriez en vie ! Partez, si vous pouvez.

Alors Lancelot, qui s'était vêtu en grande hâte, prit son épée et vint crier à la porte.

– Mauvais couards, chevaliers faillis, je vais déclore l'huis : on verra qui osera passer le seuil !

Ce disant, il ouvre et attend, l'épée haute. Un chevalier du nom de Tanneguy entre hardiment ; mais, dans le même temps, il reçoit un coup qui lui fend le heaume et la tête comme une pomme, de sorte qu'il tombe mort dans la chambre. Voyant cela, ses compagnons reculent et dégagent le seuil ; et Lancelot, tirant vivement le corps à lui, referme la porte ; puis il revêt les armes de Tanneguy.

– Maintenant, dame, dit-il, je passerai s'il plaît à Dieu et si vous me donnez mon congé.

Elle le recommanda à Jésus-Christ Notre Sauveur. Et aussitôt il sortit, se rua sur les assaillants comme une tempête, abattit le premier qu'il frappa, coupa d'un entre-deux le poing au deuxième, fendit en se retournant les narines et le visage du troisième jusqu'aux oreilles, si bien que les autres s'enfuirent en désordre. Ainsi s'échappa-t-il du palais et regagna son hôtel, où Lionel et Hector l'attendaient en grande inquiétude. Et deux heures plus tard, les malles troussées sur les sommiers, il quittait la ville avec toute sa gent qui ne comptait pas moins de vingt-huit chevaliers preux et hardis. Mais le conte se tait maintenant de lui, voulant traiter de ce qui advint lorsque Agravain et Mordret, les deux frères de monseigneur Gauvain, se furent emparés de la reine.

### XVIII

Ils lui firent grand'honte et l'humilièrent plus qu'ils n'eussent dû, car elle pleurait si fort que d'autres que ces félons en eussent eu pitié. À none, le roi revint du bois et, au moment qu'il mettait pied à terre dans la cour, on lui apprit que la reine avait été surprise avec Lancelot ; ah ! il en fut plus dolent qu'on ne saurait dire ! Il demanda si Lancelot était captif ; mais on lui répondit qu'il avait quitté la ville.

— Beau sire, que comptez-vous faire ? lui demanda le roi Carados Biébras.

— Telle justice de la reine que les dames qui en entendront parler en soient amendées ! Et je vous commande, à vous premièrement parce que vous êtes roi, et aux autres barons qui sont céans, de par les serments que vous m'avez faits, de décider par droit jugement si elle n'a point mérité la mort.

— Sire, la coutume n'est pas de faire un jugement après l'heure de none, et surtout d'une si haute femme que madame la reine. Mais demain matin nous nous assemblerons.

Le soir, le roi ne but ni ne mangea, mais il ne voulut pas que sa femme fût amenée devant lui. Et à prime, lorsque ses barons furent réunis, il leur commanda à nouveau de juger la reine Guenièvre ; puis il se retira. Alors Agravain et Mordret contèrent les choses comme elles étaient arrivées, ajoutant qu'à leur avis la reine avait bien mérité la mort pour avoir commis une si grande félonie que de honnir son seigneur, qui tant était prud'homme, avec un chevalier. À quoi les autres, hormis messire Gauvain, s'accordèrent, mais à regret. Et dès qu'il connut le jugement de sa cour, le roi fit faire un grand bûcher dans la prairie de Camaaloth pour brûler sa femme, car il lui était avis qu'une reine ointe et sacrée devait mourir par le feu.

– Sire, lui dit messire Gauvain, je vous rends tout ce que je tiens de vous et de ma vie je ne vous servirai plus, si vous souffrez une telle chose. À Dieu ne plaise que je voie mourir madame de la sorte !

Mais le roi ne lui répondit même pas, car il avait l'esprit ailleurs. Et messire Gauvain fut s'enfermer dans son logis ; certes, si le monde entier eût péri sous ses yeux, il n'eût pas fait paraître plus de chagrin !

Cependant, le roi mandait à ses neveux Agravain, Guerrehès, Gaheriet et Mordret de prendre quarante chevaliers et d'aller garder le champ où était le bûcher. Guerrehès et Gaheriet refusèrent d'abord, mais il les fit venir et les menaça tant qu'enfin ils consentirent. Et, pendant qu'ils allaient s'armer en leur logis, il fit comparaître la reine devant lui. Hélas ! quand il la vit pleurant, vêtue de soie rouge, et si belle et avenante qu'on n'en eût pas trouvé la pareille au monde, il pensa pâmer tant son cœur se serra ! Pourtant, il ordonna de la conduire au bûcher dont la flamme déjà se voyait du palais. Et sachez que, dans toute la cité, les bourgeois et le menu peuple lamentaient à cette heure si hautement qu'on n'eût pas entendu Dieu tonner : il n'était homme ni femme qui ne pleurât comme si c'eût été sa propre mère qu'on dût brûler.

Or, au moment que la reine approchait du bûcher ardent, l'on vit soudain s'émietter les derniers rangs de la foule du côté de la forêt ; les gens couraient à toutes jambes, criant : « Fuyez ! fuyez ! voici messire Lancelot qui vient au secours de madame ! » Et, en effet, une troupe de chevaliers arrivaient à toute bride par la plaine, heaumes lacés, lances sur feutre ; et Lancelot galopait en tête, sur un haut destrier pie, plus allant que cerf de lande.

– Ha, traître cœur, cria-t-il à Agravain du plus loin qu'il put, voici votre mort !

Ce disant, il lui courut sus, la lance allongée, et il appuya si rudement son coup que le fer traversa l'écu, le bras, le haubert, le corps et parut outre l'échine, en sorte que le félon tomba mort. Dans le même temps, Hector heurtait Guerrehès ; il lui mit sa lance roide dans la poitrine et l'autre n'eut que faire d'un médecin. Voyant ainsi périr ses frères, Gaheriet, de courroux, abattit deux chevaliers ; mais Lionel, l'abordant par le travers, lui fit voler son heaume du chef, et Lancelot qui passait, fracassant tout, échauffé de colère au point qu'il ne reconnaissait personne, lui fendit d'un seul coup la tête jusques aux dents. Bref, le lignage du roi Ban et du roi Bohor fit ce jour-là tant d'armes qu'au bout de peu d'instants il ne demeura plus en vie, de leurs ennemis, que Mordret et dix chevaliers, lesquels tournèrent bride. Et sitôt qu'il les vit fuir, Lancelot arrêta de frapper comme la flamme cesse de brûler quand tout est consumé : il fit monter la reine sur un palefroi et, avec ce qui restait des siens, il fut se jeter dans un fort château qu'il avait conquis au temps qu'il était encore chevalier nouveau, et qui avait nom la Joyeuse Garde, comme il est dit au livre qui devise de ses premières amours. Mais le conte revient maintenant au roi Artus.

## XIX

Le roi se tenait dans la salle, assis auprès d'une fenêtre, la tête basse, lorsque Mordret entra tout essoufflé, suivi de quelques chevaliers, et s'écria :

– Sire, nos affaires vont mal ! Sachez que, de tous ceux qui menèrent madame au bûcher, il ne reste que moi et ceux-ci. Lancelot a ravi la reine et il s'est jeté dans la forêt de Camaaloth après nous avoir déconfits.

Sur-le-champ, le roi cria à ceux qui étaient là de prendre leurs armes et se fit apporter les siennes. Mais le roi Carados Biébras, qui était vieux et sage, le conseilla.

– Sire, Lancelot et sa parenté sont à présent trop loin pour que nous puissions les atteindre, et ils sont si forts et hardis que peut-être ne les pourrions-nous vaincre, peu nombreux comme nous voilà. Envoyez plutôt des messagers dans tous les ports du royaume de Logres, qui défendront aux mariniers de passer Lancelot outre la mer ; après quoi vous marcherez contre lui avec de grandes forces et vous pourrez vous venger.

Le roi approuva et fit partir les messagers, puis il se rendit au champ où s'était élevé le bûcher et faite la bataille.

Or, d'abord qu'il y entra, il aperçut son neveu Agravain qui gisait, le corps troué, et à cette vue il tomba de son cheval à terre, tout pâmé.

– Ha, beau neveu, s'écria-t-il quand il eut retrouvé son haleine, comme il vous haïssait celui qui de sa lance vous a ainsi féru !

Il commanda à ses gens d'emporter Agravain ; puis, tout pleurant, il se reprit à chercher les corps de ses amis charnels. Lorsqu'il découvrit celui de Guerrehès, il frappa ses paumes l'une contre l'autre, criant qu'il avait assez vécu puisqu'il voyait ainsi occis les meilleurs de son lignage. Il ôta au mort son heaume, et, après l'avoir longtemps regardé, il lui baisa les yeux et la bouche, qui était glacée. Et, comme il se relevait, il aperçut Gaheriet.

De ses neveux, c'était celui-là qu'il avait toujours le mieux aimé hormis monseigneur Gauvain, et il le vit gisant tout froid. Il courut à lui, le prit dans ses bras, le serra si étroitement qu'il l'eût tué, s'il eût été encore en vie : certes, il n'est douleur qu'on puisse éprouver d'autrui qu'à ce moment le roi ne sentit ! Si bien qu'il pâma de nouveau et demeura plus de temps évanoui qu'il n'en faut pour faire une demi-lieue à pied.

– Ha, mort, dit-il enfin, si vous tardez encore à m'emporter, je vous tiendrai pour trop lente et vilaine ! Ha, Gaheriet, beau neveu, c'est pour mon malheur que fut forgée la bonne épée qui vous a navré ! Périsse celui qui vous en a féru, honnissant moi et mon lignage !

Ce disant, il accolait et baisait le corps sanglant ; et sachez qu'il n'était personne qui ne s'émerveillât de son deuil, bien que chacun eût grand chagrin, car tout le monde aimait Gaheriet de bon amour.

Cependant, messire Gauvain était sorti de son logis. Les premiers qu'il rencontra dans la rue lui dirent en pleurant :

– Ha, messire Gauvain, si vous voulez connaître votre grande douleur, allez au champ, là-bas !

Il crut qu'ils plaignaient la mort de la reine, et, sans leur répondre, il continua de marcher, la tête basse. Mais chacun répétait autour de lui :

– Allez, messire Gauvain, allez voir votre grande douleur !

Et il était de plus en plus troublé, mais il n'en faisait pas semblant. Enfin il entra dans le champ et d'abord aperçut le roi qui serrait sur sa poitrine le corps ensanglanté de Gaheriet et qui lui cria :

– Gauvain, Gauvain, voyez votre deuil et le mien !

Ainsi reconnut-il son frère, et ses jambes fléchirent, le cœur lui manqua, il tomba comme mort, tandis que les compagnons du roi s'assemblaient autour de lui en déplorant le jour qui amenait de toutes parts de si grands dommages. Longtemps il demeura de la sorte ; enfin il se releva, courut à Gaheriet, l'étreignit, et du baiser qu'il lui donna sentit tant de douleur, qu'il retomba, évanoui, sur le mort. Et, quand il revint de pâmoison, il s'assit à côté du corps et dit :

– Ha, beau doux frère, comme il fallait qu'il vous haït, celui qui vous a si rudement navré ! Maudit soit le bras qui vous frappa, honnissant moi et ma parenté ! Bel ami, si doux et débonnaire, pilier de tout notre lignage, qui passiez en chevalerie tous vos pairs, comment la fortune a-t-elle pu souffrir votre chute si laide et si vilaine ? Certes, je ne souhaite pas tant de vivre que de vous venger du déloyal, du félon qui vous a fait une telle cruauté !

Messire Gauvain avait le cœur serré au point qu'il n'en put dire davantage ; mais quand, en levant les yeux, il reconnut Guerrehès et Agravain qu'on apportait sur leurs écus :

– Hélas ! j'ai trop vécu, s'écria-t-il encore, puisqu'il me faut voir mes frères occis à si grand martyre !

Ce disant, il alla à eux et, en les embrassant, il pâma menu et souvent, tellement qu'enfin les barons eurent grand'peur de le voir expirer sous leurs yeux.

– Sire, dirent-ils au roi Artus, nous sommes d'avis qu'on l'emporte d'ici et qu'on le couche dans quelque chambre, loin de toutes gens, jusqu'à ce que ses frères soient enterrés, car il mourra de douleur sans faute, s'il demeure auprès d'eux.

Ainsi fut fait ; et, de toute la nuit, messire Gauvain ne sonna mot : à peine avait-il encore son haleine. Cependant, on faisait des cercueils et l'on préparait des tombes telles qu'il convient qu'en aient des fils de roi ; et au matin Agravain, Guerrehès et Gaheriet furent ensevelis à Saint-Étienne, qui était l'église maîtresse de Camaaloth.

## XX

Après l'enterrement, le roi retourna au palais et s'assit dans la salle au milieu des barons. Tous les archevêques, les évêques et les hauts hommes étaient venus, mais, à voir le roi Artus morne et pensif comme il était, chacun se tenait coi, si bien qu'on eût pu croire que le palais était vide.

– Quand un homme a perdu sa terre par force et trahison, dit enfin le roi, il peut souvent la recouvrer ; mais la perte d'un ami charnel est sans recours. Beaux seigneurs, le dommage qui m'est advenu ne peut être réparé en aucune manière, et je ne le dois pas à la justice de Notre Seigneur, mais au grand orgueil de celui que j'avais élevé aussi haut que s'il eût été de mon sang. Vous qui êtes mes hommes et qui tenez vos terres de moi, conseillez-moi quelque moyen de venger ma honte.

Les barons se regardèrent, s'encourageant l'un l'autre à parler. Enfin le roi Yon se leva.

– Sire, notre honneur aussi veut que votre honte soit vengée. Mais qui regarderait au bien du royaume, je ne crois pas qu'il ferait la guerre au lignage du roi Ban de Benoïc et du roi Bohor de Gannes, tant Lancelot et les siens sont puissants à cette heure par leurs terres et leurs hommes. C'est pourquoi je vous prie au nom de Dieu, sire roi, de ne point les attaquer si vous n'êtes tout à fait sûr de les vaincre, ce qui sera très difficile.

Il se fit des rumeurs : beaucoup blâmaient le roi Yon et disaient qu'il avait parlé par couardise.

– Sire, lui dit Mordret, jamais nous n'entendîmes un prud'homme donner un aussi mauvais conseil que le vôtre. Si le roi m'en croit, il vous emmènera guerroyer contre Lancelot avec lui, que vous le veuilliez ou non.

– Mordret, Mordret, répondit le roi Yon, j'irai plus volontiers que vous n'irez vous-même ! Mais sachez tous, seigneurs, que si Lancelot et sa gent peuvent regagner leur pays, ils vous redouteront moins que vous ne croyez.

Mador de la Porte prit la parole.

– Si vous voulez commencer la guerre, sire, vous n'aurez pas à chercher Lancelot bien loin, car j'ai appris qu'il s'est retiré à la Joyeuse Garde. La reine s'y trouve avec lui. Mais le château est si fort et si bien garni qu'il ne craint nul siège.

– Par ma foi ! répondit le roi, vous avez raison de dire que le château est de grand orgueil, et je le connais bien. Mais, depuis que je porte couronne, jamais je n'ai entrepris une guerre sans en venir à bonne fin avec l'aide de Dieu et de mon lignage. Dans quinze jours je partirai donc de Camaaloth, et je veux que vous tous, qui êtes ici, me juriez sur les saints de m'aider selon votre pouvoir jusqu'à temps que notre honte soit vengée pour l'honneur du royaume.

Les reliques apportées, chacun fit serment, les pauvres comme les riches. Et le roi envoya des messagers par toute la Bretagne pour avertir ceux qui n'étaient pas là de se rendre à Camaaloth au jour désigné. De son côté Lancelot manda aux chevaliers des royaumes de Gannes et de Benoïc de se tenir prêts dans leurs châteaux, afin qu'il y pût trouver asile s'il quittait la Grande Bretagne et passait en Gaule ; puis il demanda aide à Galehaudin, le fils de Galehaut, et il lui vint tant de barons de Sorelois et des Îles lointaines, qu'eût-il été roi couronné, il n'eût point eu plus de chevalerie à la Joyeuse Garde. Et ainsi fut entreprise la guerre qui tourna si mal.

## XXI

La veille du jour choisi pour le départ, quand les barons furent assemblés à Camaaloth, le roi, sur le conseil de monseigneur Gauvain, manda ses plus hauts hommes et leur dit de nommer soixante-douze chevaliers pour remplacer les compagnons de la Table ronde qui avaient été tués durant la quête du Graal et le jour de la délivrance de la reine, ou qui étaient partis en compagnie de Lancelot. Et nul des nouveaux élus n'osa s'asseoir au siège de Galaad ; mais sur celui de Lancelot prit place Hélian d'Irlande, qui était l'un des chevaliers les plus renommés de son pays ; à celui de Lionel, Bellinor, fils du roi de la Terre foraine ; enfin, à celui d'Hector, un chevalier écossais, puissant d'armes et d'amis, fort de corps à merveille et extrait d'un haut lignage, mais cruel, félon et querelleur, nommé Vadahan le noir. Ce jour-là même, les soixante-douze compagnons nouveaux mangèrent avec le roi Artus à la Table ronde. Et le lendemain, après avoir ouï la messe à Saint-Étienne, le roi et son armée partirent de Camaaloth et vinrent dresser leurs pavillons, leurs tentes et leurs cabanes au bord de la rivière de l'Ombre, à quelques traits d'arc de la Joyeuse Garde.

## XXII

Or, ceux du château avaient envoyé, dès la nuit précédente, partie de leurs gens se cacher dans un bois, sous la conduite de Lionel et d'Hector, afin de surprendre à revers l'armée du roi ; et le signal devait être une enseigne vermeille dressée sur la muraille ; mais les chevaliers embusqués l'attendirent vainement tout le jour, car Lancelot ne pouvait se résoudre à le donner.

Quand il vit son château assiégé par l'homme du monde qu'il avait le plus aimé, qui lui avait fait le plus d'honneur, et qui était à présent son mortel ennemi, il se sentit plus dolent qu'on ne saurait croire. Il appela une pucelle.

– Demoiselle, allez au roi Artus et dites-lui que je m'étonne qu'il ait commencé une telle guerre contre moi. Si d'aucuns lui ont rapporté que je lui ai fait honte avec madame la reine, je suis prêt à prouver par mon corps et mes armes contre deux de ses meilleurs chevaliers que je ne suis pas coupable. Et si c'est à cause de la mort de ses neveux qu'il me guerroie, dites-lui que ceux-là qui furent occis ont eux-mêmes causé leur trépas. Qu'il sache que je suis plus affligé de notre discorde qu'on ne le pourrait penser, et que certes j'aiderai les miens et combattrai les siens de tout mon pouvoir, mais que je le tiens lui-même pour mon seigneur et mon ami, encore qu'il me traite en ennemi mortel.

La demoiselle sortit du château et vint faire au roi son message. Mais, à peine eut-elle redit les paroles de Lancelot, messire Gauvain s'écria :

– Sire, sire, vous seriez honni et votre lignage rabaissé, si vous accordiez la paix à Lancelot après le grand dommage qu'il vous a causé !

– Gauvain, quoi qu'il fasse, Lancelot n'aura jamais la paix de moi ! Dites-lui, demoiselle, que je lui ferai la guerre tant que je vivrai.

– Sire, reprit la pucelle, les sages devins qu'on a connus de notre temps ont prédit que la parenté du roi Ban vaincrait tous ses ennemis. Mais, puisque je ne reçois de vous que des paroles de guerre et de haine, il me faut revenir vers mon seigneur et lui apprendre ce que vous lui mandez.

Et la pucelle retourna à la Joyeuse Garde, où elle conta à Lancelot ce qu'elle avait entendu. C'est pourquoi, le lendemain, au matin, l'enseigne vermeille flotta sur la maîtresse tour du château.

## XXIII

Sitôt qu'ils l'aperçurent, Lionel, Hector et leurs gens sortirent du bois aussi doucement qu'ils purent. Mais leurs chevaux toutefois firent quelque bruit, et plusieurs chevaliers du roi Artus de crier : « Aux armes ! » Se voyant ainsi découverts, ils brochèrent des éperons et commencèrent d'abattre les tentes et les pavillons et de tuer tout ce qu'ils rencontraient.

Quand il entendit les cris et la huée, le roi demanda ses armes en toute hâte ; certes il fit bien, car, à peine avait-il monté à cheval, on vit choir son pavillon et le dragon qui en surmontait le mât mordit la poussière. Bientôt les tentes voisines furent également renversées ; c'était Hector qui faisait ce dégât, espérant de surprendre le roi. Mais messire Gauvain lui vint à l'encontre par le travers : il le heurta en plein heaume, et si rudement que l'autre dut embrasser le cou de son destrier pour ne pas tomber, puis s'incliner jusqu'à l'arçon quand messire Gauvain l'eut à nouveau frappé ; et peut-être eût-il péri, si Lionel, qui aimait son cousin de grand amour, n'eût couru sus au neveu du roi ; il lui assena un coup très pesant : son épée entra dans le heaume de deux doigts, et messire Gauvain, tout étourdi, fut emporté par son cheval.

Merveilleuse fut la bataille devant la tente du roi Artus : vous eussiez pu voir ceux de Logres trébucher comme des moutons à l'abattoir ! Pourtant les gens de Lionel et d'Hector, peu nombreux et qui s'étaient trop hardiment jetés au milieu du camp, eussent été détruits, si Lancelot ne fût sorti du château avec les siens. Bientôt il y eut tant d'hommes occis de part et d'autre que le cœur le plus dur s'en fût ému de pitié : la terre était rouge de sang. Et Bellinor fut tué par Lionel et Vadahan le noir par Hector. Mais celui qui fit le plus d'armes, ce jour-là, ce fut messire Gauvain : il était si dolent de la mort de ses frères, qu'il occit trente chevaliers de sa main. Jusqu'au soir son épée vola plus vite que le faucon sur sa proie et devant lui les rangs fondaient comme cire. Mais, quand la nuit tomba, les gens de Lancelot rentrèrent au château et les hommes du roi Artus dans leur camp ; toutefois, une partie de ceux-ci durent faire le guet toute la nuit, car on craignait une sortie des chevaliers de la Joyeuse Garde.

## XXIV

Après le souper, Lancelot parla à ses compagnons.

– Seigneurs, ceux de Logres ne peuvent guère se réjouir, car, bien qu'ils soient plus nombreux, ils n'ont, Dieu merci, rien gagné sur nous. Je souhaite que nous sortions demain encore et les attaquions. Mais, s'il vous est avis que mieux vaut rester dans le château, je ferai votre volonté.

Tous s'accordèrent à dire qu'ils préféraient le travail au repos. C'est pourquoi, avant même que le soleil eût pris vie, ils s'armèrent et descendirent dans la plaine en bon ordre, où les gens du roi avancèrent à leur rencontre.

Hector d'une part et de l'autre messire Gauvain conduisaient les deux premières échelles. Dès qu'ils s'entr'aperçurent, ils ne perdirent pas leur temps à se faire des menaces : vous les eussiez vus mettre leurs écus peints et vernis devant leur poitrine, brocher rudement des éperons et laisser courre, leurs grosses lances allongées ; et chacun d'eux appuya si bien son coup qu'ils n'eurent ni poitrail, ni sangle, ni arçon d'arrière assez fort pour ne pas rompre : ils volèrent à terre où ils demeurèrent gisants, faisant la nuit du jour. Aussitôt les chevaliers du château d'accourir : sans doute eussent-ils enlevé monseigneur Gauvain, si ceux de Logres ne fussent venus à la rescousse. Et la mêlée dura dans les prés, au bord de la rivière de l'Ombre, depuis l'aube jusqu'à la nuit : sachez qu'au soir il n'était plus une seule armure entière.

Ce jour-là, le roi Artus porta les armes, et certes aucun homme de son âge n'eût fait les prouesses qu'il accomplit, car il avait bien alors soixante et quinze ans. Vers l'heure de none, il rencontra Lancelot et lui courut sus aussitôt, l'épée haute. Lancelot ne voulut pas frapper : il se contenta de se couvrir de son écu, de façon que le coup glissa et tomba sur l'échine de son cheval qui en fut occis. Mais Hector, courroucé de voir son frère à terre, s'élança et, d'un premier coup de taille sur le heaume, il étourdit le roi, puis d'un second le fit choir de son destrier ; après quoi il cria à Lancelot :

– Sire, coupez-lui la tête. Voilà notre guerre finie !

– Que dites-vous, Hector ? Il m'a fait si souvent bien et honneur que je le protégerai de tout mon pouvoir.

Et comme son écuyer lui amenait un destrier, il le présenta au roi.

– Sire, dit-il, vous m'avez souvent donné de beaux chevaux. Montez, s'il vous plaît, celui-ci, et gardez-vous mieux une autre fois.

Grâce à quoi le roi s'en fut sain et sauf, songeant en son cœur que Lancelot venait de passer en courtoisie tous les chevaliers présents et à venir. Néanmoins la bataille recommença le lendemain. Et ainsi dura le siège de la Joyeuse Garde pendant deux mois et plus.

## XXV

Au bout de ce temps, l'apostole de Rome apprit que le roi Artus avait quitté sa femme et qu'il se proposait de la faire mourir, bien qu'il ne l'eût pas prise sur le fait. Aussi manda-t-il aux évêques et archevêques d'interdire et excommunier la terre de Logres jusqu'à temps que le roi eût repris la reine Guenièvre et se fût résolu à la traiter comme un mari doit faire sa prudefemme et épouse. Et quand il sut ce mandement, le roi fut d'autant plus dolent qu'il aimait encore la reine : c'est pourquoi il déclara devant tous ses barons qu'il ferait très volontiers sa paix avec elle pour obéir au pape. Et sur-le-champ l'évêque de Rochester monta sur son palefroi et s'en fut parlementer.

– Dame, dame, dit-il à la reine Guenièvre lorsqu'on l'eut conduit devant elle, il faut que vous retourniez à votre seigneur : notre père le pape le commande. Le roi jurera devant sa cour de vous traiter comme sa prudefemme.

Mais la reine lui demanda un délai pour répondre ; et, ayant appelé Lancelot, Hector et Lionel, elle leur répéta ce que l'évêque avait dit. C'est alors que vous auriez pu voir Lancelot du Lac baisser la tête !

– Dame, dit-il enfin, si je faisais ce que mon cœur désire, je vous supplierais de rester céans. Mais, pour ce que je préfère votre honneur à mon amour, je vous conseille de mander au roi que vous retournerez auprès de lui demain. Hélas ! si vous n'acceptiez l'offre qu'il vous a faite, tout le monde parlerait de votre honte et de ma déloyauté !

Là-dessus, il se mit à pleurer, et sa dame de même, et aussi Hector et Lionel. Enfin la reine s'essuya les yeux et vint dire à l'évêque qu'elle consentirait à retourner auprès du roi son seigneur, pourvu qu'il promît de laisser Lancelot gagner la Gaule sans lui faire tort d'un denier. Ce que le roi octroya de bonne grâce, dès que l'évêque le lui eut demandé.

– Par Dieu, songeait-il, si Lancelot aimait la reine de fol amour comme on a voulu me le faire accroire, il ne la laisserait point partir de la sorte, car je vois bien qu'il pourrait continuer la guerre pendant des mois encore et que son château ne craint guère l'assaut !

Cette nuit-là, à la Joyeuse Garde, il n'y eut cœur si dur qui ne se fût ému à voir le merveilleux deuil que menèrent Lancelot du Lac et sa parenté. Et quand l'aube parut par la volonté de Dieu, Lancelot rendit à la reine qu'il ne devait plus voir, comme ce conte le dira, l'anneau qu'elle lui avait donné lorsqu'il s'était pour la première fois accordé avec elle, et il la pria de le porter pour l'amour de lui. Après quoi, suivi des siens, tous aussi richement vêtus qu'ils avaient pu et montés sur des chevaux couverts de soie, il reconduisit sa dame au roi.

## XXVI

Or, dit le conte, le roi Artus attendait hors de sa tente. En voyant son seigneur, Lancelot mit pied à terre, prit le palefroi de sa dame par le frein et dit :

– Sire, voici madame la reine. Ne l'eussé-je pas secourue, elle serait morte, à cette heure. Et sachez que, si je l'aimais de fol amour comme certains déloyaux vous l'ont fait entendre, je ne vous la rendrais point, car ce château est si fort qu'il ne redoute rien, et nous y avons des vivres pour deux ans.

– De ce que vous faites, je vous sais gré, répondit le roi tout pensif.

Mais messire Gauvain avança d'un pas.

– Lancelot, le roi vous sait gré de ce que vous avez fait pour lui. Mais il vous requiert de vider la terre de Logres et de n'y plus rentrer de son vivant.

– Sire, est-ce là votre commandement ?

– Allez-vous-en dans votre terre, Lancelot : quand vous avez occis Agravain, Guerrehès et Gaheriet, qui étaient mes charnels amis, vous m'avez fait payer vos services à trop haut prix.

– Et quand je serai outre mer, sire, que me faudra-t-il attendre de vous : paix ou guerre ?

– Assurez-vous, dit encore messire Gauvain, que le roi vous fera la guerre, et de tout son pouvoir, jusqu'à temps que mon frère Gaheriet soit vengé par votre mort. Et sachez que je gagerais le monde que vous perdrez sous peu la tête et la vie !

– Messire Gauvain, s'écria Hector, laissez là les menaces : Lancelot du Lac ne vous craint guère ! Si vous mettez les pieds dans la Petite Bretagne, vous serez plus en danger que lui de perdre la tête. Prétendez-vous que vos frères ont été occis déloyalement ? Je suis prêt à prouver que ce n'est pas la vérité : qu'on nous mette en champ clos corps à corps ! Ainsi la guerre sera évitée et beaucoup de chevaliers garderont la vie, qui l'auraient perdue.

Messire Gauvain tendit son gage aussitôt, et Hector d'offrir le sien ; mais le roi ne voulut point les recevoir, disant qu'on aurait bientôt l'occasion de voir quel était le plus preux, lorsqu'il ferait la guerre à Lancelot. Ce qu'entendant, celui-ci s'écria :

– Certes, vous ne seriez pas en état de me la faire, cette guerre, si je vous avais nui autant que je vous ai aidé le jour que Galehaut, sire des Iles lointaines, devint votre homme lige ! Et sachez que je ne dis pas cela par crainte que j'aie de vous, car, lorsque nous aurons mandé nos hommes et nos amis et garni nos forts châteaux, vous ne gagnerez contre nous ni peu ni prou. Quant à vous, messire Gauvain, vous devriez vous souvenir du jour où je vous délivrai de la Tour Douloureuse : vous y étiez en grand péril de mort, prisonnier de Karadoc le grand !

– Lancelot, repartit messire Gauvain, ce que vous fîtes jadis pour le roi et pour moi, vous nous l'avez vendu trop cher quand vous nous avez privés de ceux que nous aimions le plus. Et sachez qu'à cause de cela il n'y aura pas de paix entre vous et moi, tant que je vivrai.

Alors Lancelot remonta sur son cheval et, suivi des siens, il regagna son château.

Dès qu'il y fut de retour, il appela un sien écuyer.

– Beau doux ami, lui dit-il tristement, prends mon écu et va-t'en à Camaaloth : tu le suspendras dans l'église de monseigneur Saint Étienne le Martyr, afin que ceux qui le verront se souviennent de moi. Car c'est dans cette cité que j'ai reçu l'ordre de chevalerie, et je ne sais pourtant si j'y reviendrai jamais.

Toute la nuit, il mena grand deuil. Mais le lendemain il partit avec sa maison, et ils chevauchèrent tant qu'ils arrivèrent au rivage de la mer. Et quand la nef qui les emportait s'éloigna, vous l'eussiez vu changer de couleur et pousser de grands et merveilleux soupirs, tandis que l'eau du cœur lui coulait des yeux.

– Ha, murmurait-il, douce terre, délectable, débonnaire, joyeuse, plantureuse, bénie sois-tu de la bouche de Jésus-Christ, car mon âme et ma vie demeurent sur toi !

Poussée par le vent, la nef parvint heureusement dans la Petite Bretagne. Et là, le jour de la Toussaint, Lionel fut couronné roi de Gannes et Hector, le même jour, roi de Benoïc par le commandement de Lancelot qui lui céda son héritage. Tous trois employèrent l'hiver à mettre en état les forts châteaux et à les garnir de vivres. Mais le conte maintenant retourne au roi Artus.

### XXVII

Chaque jour, messire Gauvain l'excitait contre Lancelot, si bien qu'il jura de détruire les forteresses de Benoïc et de Gannes, de manière qu'il n'en restât pierre sur pierre. Après Pâques, lorsque la froidure fut passée, il remit à Mordret le royaume de Logres en baillie : ah ! quelle folie il fit là ! Sachez qu'il fit jurer à tous ses hommes d'obéir à Mordret comme à lui-même et de faire ce qu'il leur commanderait ; puis il chargea son neveu de lui envoyer l'or et l'argent dont il aurait besoin quand il serait en Gaule, et il lui remit les clés de son trésor, à ce déloyal ! Enfin il lui confia sa femme épousée en lui recommandant de la garder comme son propre corps. Et certes la reine Guenièvre fut bien dolente de cela.

– Sire, dit-elle à son seigneur quand elle le vit au point de monter dans sa nef, Dieu vous conduise et vous ramène ! Mais mon cœur me dit que nous ne nous reverrons plus.

– Dame, répliqua le roi, il en sera ce qu'il plaira à Notre Seigneur. À vous chagriner, vous ne pourriez rien gagner.

Là-dessus, les maîtres mariniers firent tendre les voiles, que la brise frappa, et les nefs gaillardes gagnèrent la haute mer. Or, les vents furent si bons, si forts et si favorables qu'elles atteignirent saines et sauves le rivage de la Gaule, où les chevaliers débarquèrent après avoir remercié Dieu. Puis, tandis que les valets mettaient à terre les harnais et les chevaux et dressaient les tentes, le roi tint conseil avec ses barons.

– Sire, dit messire Gauvain, allons droit à la cité de Gannes où le roi Hector et le roi Lionel demeurent avec Lancelot.

– Par Dieu, messire Gauvain, c'est folie ! fit le roi Carados Biébras. Il nous faut auparavant détruire les forts châteaux de ce pays, que Lancelot a fait nouvellement réparer et qui sont très bien garnis.

– Lancelot et ses hommes n'oseront pas sortir de leurs forteresses, répondit messire Gauvain.

– Allons donc assiéger Gannes, puisque vous le voulez, dit le roi.

## XXVIII

Or, quand Lancelot et ses gens apprirent que le roi Artus approchait de la cité avec son armée, ils résolurent de l'attaquer avant qu'il se fût retranché. Et le lendemain, à l'heure de prime, les chevaliers s'assemblèrent devant le palais, dans la rue, où Lionel et Hector, les deux rois cousins, ordonnèrent les batailles. Cela fait, ceux de la ville sortirent, et l'armée du roi Artus fondit sur eux : et ainsi la mêlée commença, dure et plénière.

D'abord qu'il aperçut Lancelot, messire Gauvain s'assura en selle, et sachez qu'il appuyait de telle sorte sur ses étriers qu'il en pensa rompre les étrivières. Tous deux se heurtèrent avec le fracas du tonnerre de Dieu et ils se portèrent l'un l'autre à terre ; mais messire Gauvain tomba si lourdement qu'il pensa se briser le bras. Quant à Lancelot, remonté sur son destrier, il plongea dans la mêlée, où il se mit à frapper à grands coups, si vivement, que son épée battait comme une aile d'oiseau, et il occit d'abord Hélian d'Irlande qui avait pris sa place à la Table ronde. Lionel, Hector et lui semblaient être partout, leurs épées brillaient comme le flambeau du ciel et à les voir leurs gens se trouvaient aussi réconfortés que leurs ennemis confondus ; bref, ceux du dehors eussent beaucoup perdu ce jour-là, n'eût été le roi Artus qui faisait merveille à défendre sa gent et pourfendait ceux qui voulaient l'arrêter comme s'ils n'eussent eu d'autre armure que leur faible peau. Et, la nuit venue, les chevaliers de Gannes, qui étaient moins nombreux, rompirent la mêlée et se retirèrent dans la cité.

Toutefois, la grande et merveilleuse bataille recommença le lendemain, et, durant deux mois, et plus, les deux armées combattirent quatre fois par semaine : ainsi périrent maints prud'hommes et bons chevaliers. Mais, au bout de ce temps, le roi demanda une trêve de huit jours, car il commençait à penser qu'il ne tirerait pas de ce siège grand honneur.

– Gauvain, Gauvain, dit-il à son neveu, je crains que vous ne m'ayez fait entreprendre une chose où nous avons plus à perdre qu'à gagner, tant Lancelot et ses parents sont preux aux armes !

Messire Gauvain s'agenouilla et répondit seulement :

– Sire, pour Dieu, octroyez-moi un don !

Le roi le lui accorda volontiers et le fit lever en le prenant par la main.

– Sire, vous m'avez donné que j'appellerai Lancelot de trahison : s'il ose soutenir qu'il n'a pas occis mes frères par traîtrise, je prouverai contre son corps qu'il l'a fait et, si je le puis outrer, je n'en demanderai pas davantage, ni vous ; mais, si je suis vaincu, vous lui ferez une bonne paix à toujours, ainsi qu'à son lignage.

À ces mots, le roi sentit ses larmes couler : il eût donné de grand cœur ses meilleures cités pour que son neveu n'entreprît pas une telle bataille ! Mais déjà messire Gauvain avait mandé l'un de ses écuyers et le chargeait du message pour Lancelot.

– Sire, dit le valet en pleurant, je ne ferai point ce message, s'il plaît à Dieu ! Désirez-vous si fort d'aller à la mort ? Ayez pitié de vous-même : vous n'êtes pas jeune et vous avez fait assez d'armes durant votre vie !

Mais messire Gauvain lui répondit que de telles paroles ne servaient de rien et le valet dut obéir à son seigneur. Au matin, il se présenta donc devant la ville et il fut conduit à Lancelot qui, l'ayant écouté, commença de mener grand deuil à son tour.

– Ha, bel ami, dit-il au valet, je n'aurais pas voulu combattre monseigneur Gauvain que je tiens pour très prud'homme et qui m'a toujours fait si bonne compagnie depuis que je suis chevalier ! Mais comment ne pas répondre, quand il m'appelle de trahison qui est la plus vile chose du monde ? Plutôt que lui, je choisirais de rencontrer les deux plus preux compagnons de la Table ronde !... Allez, et dites à monseigneur le roi que je voudrais lui parler.

Le valet fît diligence, et, dès que le roi connut la réponse de Lancelot, il manda monseigneur Gauvain, le roi Carados et le roi Yon ; tous quatre s'avancèrent désarmés vers la porte de la cité. Lancelot s'empressa de sortir à leur rencontre avec les deux cousins rois, et il mit pied à terre le premier et salua le roi Artus ; mais celui-ci ne lui rendit pas son salut, pensant que, s'il le faisait, son neveu s'en chagrinerait. Et en effet messire Gauvain se hâta de parler pour lui :

– Lancelot, messire le roi, mon oncle, est venu vous garantir que, si vous m'outrez dans notre combat, il laissera le siège et regagnera le royaume de Logres.

– Messire Gauvain, dit Lancelot, si vous vouliez, nous renoncerions à cette bataille, quoique, après votre appel de trahison, je ne puisse la laisser sans honte. Et sachez bien que je ne parle point par couardise, car, armé et monté sur mon destrier, je saurais, s'il plaisait à Dieu, défendre mon corps contre le vôtre. Mais je souhaite si fort d'avoir la paix avec vous que, pour cela, je vous ferais volontiers hommage avec toute ma parenté, hormis seulement mon frère et mon cousin, qui sont rois ; je partirais demain de Gannes, nu-pieds, en chemise, et je resterais en exil dix ans au besoin, tout seul ; et je vous pardonnerais ma mort, si elle advenait durant ce temps, pourvu seulement qu'à mon retour j'eusse votre compagnie et celle de monseigneur le roi comme je les avais naguère. Et je vous jure par tous les saints que je n'ai pas occis de sang-froid Gaheriet, votre frère, et que sa mort m'a fait grand deuil.

Lorsqu'ils entendirent Lancelot parler ainsi, tous ceux qui étaient là sentirent l'eau du cœur leur monter aux yeux.

– Gauvain, dit le roi, beau neveu, faites ce dont Lancelot vous prie, car jamais un prud'homme n'en offrit autant à un autre pour se racheter !

– Les prières n'ont ici que faire, répondit messire Gauvain : j'aimerais mieux d'avoir le cœur arraché de la poitrine que de renoncer à ma bataille. Soit ma mort, soit ma vie ! J'ai si grande douleur du trépas de Gaheriet, qu'il m'est plus doux de mourir que de vivre sans l'avoir vengé.

Et il tendit son gage. Mais le conte laisse maintenant ce propos pour deviser de Mordret.

## XXIX

Aussitôt que le roi Artus fut parti et qu'il se vit sire de la terre de Logres, il commença de tenir de grandes cours et de faire de riches dons, si bien qu'il conquit en peu de temps les cœurs des plus hauts hommes. Alors il fit écrire de fausses lettres, scellées d'un sceau semblable à celui du roi Artus, qui furent portées par son ordre à la reine ; et celle-ci les bailla à un évêque d'Écosse qui était assis auprès d'elle, pour qu'il en donnât lecture devant toute la cour. Or, les lettres contenaient ce qui suit :

Je, Artus, roi de Logres, à tous mes hommes salut !

Comme j'ai été blessé à mort par Lancelot du Lac et mes gens occis et défaits, il me prend pitié de vous à cause de l'amour et de la loyauté que vous m'avez toujours montrés. C'est pourquoi je vous prie, pour votre bien et pour la paix de mes royaumes et terres, d'élire roi Mordret que je tenais pour mon neveu, mais qui ne l'était pas. Et je vous requiers aussi, par les serments que vous m'avez faits, de lui donner la reine pour femme : sinon un grand dommage vous arrivera, car, si elle n'est pas mariée, Lancelot viendra vous la prendre de force, et c'est la chose sur toutes dont mon âme serait dolente.

Quand l'évêque eut achevé, Mordret fit semblant de pâmer de douleur et se laissa tomber dans les bras d'un chevalier. Mais la reine, qui croyait que la lettre était vraie, se mit à pleurer et à pousser des plaintes si merveilleuses qu'il ne fut personne qui n'eût pitié d'elle. Et lorsque la nouvelle courut par le palais et la cité, tous, pauvres et riches, commencèrent de mener grand deuil ; jour et nuit, durant une semaine, il n'y eut personne qui ne pleurât : car le roi Artus avait toujours été doux et débonnaire, et c'était le prince du monde le plus aimé du menu peuple.

Cependant, les barons tinrent conseil et ils trouvèrent que le mieux était de faire Mordret roi et de lui donner la reine Guenièvre pour femme. Aussi les envoyèrent-ils quérir tous deux ; et sachez que, quand elle entra dans la salle, ils se levèrent devant elle et la reçurent à grand amour ; puis celui qui était le mieux emparlé lui dit :

– Dame, notre sire le roi, qui était si prud'homme, est mort et trépassé du siècle et, comme ce royaume ne peut demeurer sans gouverneur, il nous faut élire un bon chevalier qui soit digne de le tenir et qui vous ait pour femme. Mais nous voulons savoir ce que vous pensez de cela.

La reine protesta qu'elle ne se souciait pas de prendre un baron et qu'elle quitterait plutôt le pays. À quoi ils répondirent que le royaume ne pouvait demeurer sans un seigneur qui fût capable de le défendre et qu'elle devait à toute force faire leur volonté et épouser Mordret qu'ils avaient choisi. Ah ! quand elle entendit ce nom, elle crut que son cœur allait la quitter ! Mais elle n'osa en faire semblant.

– Beaux seigneurs, dit-elle, accordez-moi quelque répit : dans huit jours, je vous donnerai ma réponse.

Et elle se retira dans ses chambres.

## XXX

Là, elle commença par pleurer, s'égratigner le visage, se tordre les mains et gémir de tout son cœur. Puis elle réfléchit et envoya une de ses pucelles chercher Tarquin : c'était un valet que jadis le roi Claudas avait chargé de l'épier, comme le conte l'a rapporté en temps et lieu ; mais il était devenu son écuyer, puis le roi l'avait armé chevalier, et c'était maintenant l'un des hommes à qui elle se fiait le plus, avec raison. Lorsqu'il fut entré, elle fit sortir la pucelle et ferma la porte ; puis elle dit :

– Beau doux ami, les barons de ce royaume veulent me marier à Mordret, qui est, je vous le dis en vérité, le fils du roi Artus, mon seigneur, et de la femme du roi Lot ; et, ne le fût-il pas, j'aimerais mieux d'être brûlée que d'épouser ce traître déloyal ! Aussi veux-je faire garnir la tour de Logres de chevaliers, de sergents, d'arbalétriers et de toutes sortes de vivres et d'armes ; et, si l'on me demande pourquoi, je dirai que c'est pour la fête prochaine. Puis je m'y enfermerai. Que pensez-vous de cela ?

– Dame, je vous trouverai la garnison. Toutefois, si vous m'en croyez, vous enverrez un messager en Gaule pour savoir si le roi est mort, car le cœur me dit qu'il ne l'est pas. Et si messire est trépassé, vous manderez à Lancelot qu'il vous vienne secourir : jamais Mordret n'osera l'attendre en bataille rangée.

Ainsi fut fait : la tour très bien garnie de vivres et d'hommes, tous preux et dévoués, la reine s'y retira ; et quand Mordret vint avec les barons, au jour dit, chercher sa réponse, elle fit lever le pont et lui cria par un créneau :

– Mordret, Mordret, c'est pour votre malheur que vous avez voulu m'avoir pour femme de bon gré ou non. Cette déloyauté vous mènera à la mort !

Aussitôt Mordret courroucé fit assaillir la tour de toutes parts par échelles et engins ; mais ceux du dedans se défendirent si roidement qu'il y eut bientôt plus de vingt morts dans les fossés, de façon que l'assaut cessa. Et ainsi en fut-il souvent durant deux mois. Mais le conte laisse maintenant ce propos pour dire ce qui advint du combat de Lancelot du Lac et de monseigneur Gauvain.

## XXXI

Au matin, Lancelot ne manqua pas de hauts hommes pour l'armer, et, quand il fut prêt, il monta sur un destrier fort et vif, couvert de fer jusqu'aux sabots. Tous les autres se mirent à cheval pour l'accompagner au pré, sous les murs, où devait avoir lieu la bataille ; après quoi ils se retirèrent dans les barbacanes de la cité : car il avait été convenu entre le roi Artus et le roi Lionel que nul n'approcherait, quoi qu'il advînt.

À son tour, messire Gauvain arriva, convoyé par une foule de comtes et de barons ; mais autant la compagnie de Lancelot semblait joyeuse, autant la sienne paraissait morne. Le roi Artus, tout dolent, le prit par la main et le mena dans le champ ; le roi Lionel, de même, conduisit Lancelot. Puis les deux rois s'en furent et, après s'être signés, les champions brochèrent des éperons et s'élancèrent de toute la vitesse de leurs destriers.

Le jour était beau et clair, et le soleil luisait sur leurs armes ; mais, quand ils se rencontrèrent, on crut ouïr le tonnerre : leurs lances éclatèrent au ras des poings, sautèrent en morceaux jusques au ciel, et ils se heurtèrent si rudement de leurs corps qu'ils manquèrent de se crever : vous les eussiez vus voler en l'air ! Alors les chevaux, déchargés de leurs seigneurs, s'enfuirent chacun de son côté, sans que personne songeât seulement à les arrêter.

Le premier relevé fut Lancelot ; mais il était encore étourdi de sa chute et il ne savait où il était. Et messire Gauvain, après avoir ramassé son écu qui lui avait sauté du cou, fit resplendir sa bonne épée Escalibor, dont il lui assena un tel coup sur le chef que le heaume en fut bossué. Mais sachez que le choc remit Lancelot dans son droit sens : il riposta sans s'étonner et les lames claires et tranchantes commencèrent de voler plus vite que le vent, allant, venant, montant, descendant. Ainsi, durant longtemps, l'acier mordit l'acier : les écus tombèrent par pièces, les heaumes perdirent leurs pierreries qui étaient de grande vertu, les mailles des haubert sautèrent et souvent les épées touchèrent la chair nue, faisant ruisseler le sang : de sorte qu'à tierce, si les deux champions eussent été d'aussi grande force qu'au début, ils ne fussent pas demeurés longtemps en vie, tant leurs armures étaient dépecées ; mais ils étaient las au point que leurs épées leur tournaient dans la main quand ils se frappaient. Alors messire Gauvain, le premier, recula et s'appuya sur les restes de son écu pour reprendre haleine. Lancelot l'imita. Ce que voyant, Lionel dit tout bas à Hector :

– Beau cousin, voici que j'ai peur et doutance pour Lancelot ! Car c'est la première fois que je le vois se reposer durant une bataille.

– Sire, répondit Hector, c'est pour l'amour de monseigneur Gauvain qu'il le fait ; je sais bien qu'il n'en a pas besoin !

Cependant, les deux chevaliers demeuraient immobiles, appuyés sur leurs écus. Et messire Gauvain, certes, avait raison d'attendre de la sorte, car il était ainsi fait qu'à mesure que l'heure de midi approchait ses forces augmentaient, pour décroître ensuite peu à peu, jusqu'à ce qu'il revînt à sa vigueur ordinaire. Mais, parce que d'aucuns pourraient tenir cela pour une fable, je dirai comment il avait reçu ce don : ce conte-ci, en effet, ne laisse rien qu'il n'explique, tant il est bien renseigné.

Quand il naquit, le roi Lot d'Orcanie, son père, le fit porter chez un ermite qui menait une vie si sainte, que Notre Sire faisait souvent des miracles par lui. Le prud'homme le baptisa volontiers et l'appela Gauvain.

– Beau sire, dit un des chevaliers qui avaient apporté l'enfant, faites que le royaume d'Orcanie se loue de vous et que cet enfançon, lorsqu'il sera en âge de porter les armes, y soit plus habile que nul autre.

– Sire, ce n'est pas de moi que viennent de telles grâces, mais de Notre Seigneur. Je prierai Dieu pour lui. Demeurez céans jusqu'à demain matin.

Et le lendemain, sitôt qu'il eut chanté sa messe, le prud'homme vint dire au chevalier :

– Sachez, beau sire, que cet enfant sera plus preux que tous ses compagnons, et qu'à midi, qui est l'heure meme où il a reçu le saint baptême, sa vigueur et vertu se trouveront si grandes que, pour peine et travail qu'il ait soufferts depuis le matin, il se sentira aussi frais, aussi léger que s'il n'avait rien fait.

C'est pourquoi, quand messire Gauvain combattait quelque chevalier de grande prouesse, il le pressait et harcelait autant qu'il pouvait jusqu'à midi : à ce moment, il devenait lui-même plus puissant et dispos qu'il n'était au début de la bataille et n'avait pas de peine à outrer son ennemi lassé.

Or, il parut assez qu'il avait ce don le jour qu'il combattit le fils du roi Ban de Benoïc, car à midi il lui courut sus tout soudain et se mit à frapper sur son écu, son haubert et son heaume comme sur une enclume, tant qu'il le blessa en plus de dix endroits. Lancelot se couvrait de son mieux, mais il souffrait beaucoup, et le roi Hector ne put s'empêcher de dire à haute voix :

– Dieu ! qu'est-ce que je vois ! Prouesse, qu'êtes-vous devenue ? Ha, beau sire, êtes-vous enchanté, pour avoir le dessous contre un seul chevalier ?

Ainsi en fut-il jusqu'à l'heure de sixte. Mais, à ce moment, Lancelot qui avait repris son haleine courut sus à son tour à monseigneur Gauvain et commença de le frapper à si grands coups, qu'il le fit chanceler et lui reconquit beaucoup de terrain. Ainsi l'autre se vit bientôt en grand péril de mort : telle était sa détresse que le sang lui coulait de la bouche et du nez.

À vêpres, les deux chevaliers étaient navrés en tant de lieux, que d'autres à leur place fussent déjà morts. Lancelot frappait encore, mais messire Gauvain, pour durs qu'il eût les os et solides les nerfs, à peine lui restait-il la force de soulever son écu. Voyant cela, le fils du roi Ban recula de quelques pas.

– Sire, dit-il, il serait bien juste que vous me tinssiez quitte, car celui qui appelle de trahison, s'il n'a vaincu avant vêpres, il a perdu sa querelle. Ayez pitié de vous-même !

– Soyez assuré, répondit messire Gauvain, que l'un de nous doit mourir en ce champ.

Ce disant, il saisit Lancelot à bras le corps, mais celui-ci, qui savait très bien lutter, lui fit un tour de genou et l'abattit rudement sur le ventre ; puis il alla devant le roi.

– Sire, dit-il, je vous prie de demander à monseigneur Gauvain qu'il cesse cette bataille, car, si nous continuons, il lui arrivera malheur.

– Lancelot, répondit le roi touché de cette débonnaireté, Gauvain fera comme il voudra ; mais vous pouvez bien laisser le combat, car l'heure de vêpres est passée.

– Sire, si je ne craignais que vous me le reprochassiez, je quitterais ce champ.

– Vous ne sauriez rien faire dont je vous susse aussi bon gré.

– Je m'en vais donc avec votre congé.

– Soyez recommandé à Dieu comme le meilleur des chevaliers et le plus courtois.

Là-dessus, Lancelot sortit du champ et revint vers les siens.

– Que faites-vous, beau sire ? lui cria Hector quand il approcha. Laisserez-vous échapper votre ennemi mortel qui vous appela de trahison ? Il vous eût bien fait mourir, s'il l'avait pu ! Retournez, beau sire, et coupez-lui le cou : ainsi notre guerre sera finie.

– Dieu m'aide ! j'aimerais mieux d'avoir reçu un coup de lance par la poitrine que d'occire un si prud'homme !

– Tant pis ! dit le roi Lionel. Je crois que vous vous repentirez de votre débonnaireté.

## XXXII

Quand Lancelot fut revenu au palais de Gannes et que les médecins eurent regardé ses plaies, ils s'émerveillèrent qu'il ne fût pas mort. Cependant ceux de Logres couraient relever monseigneur Gauvain qui ne pouvait plus se soutenir et ils le ramenaient dans la tente du roi, qui lui dit en pleurant de pitié :

– Beau neveu, votre folie vous a tué, et c'est grand dommage, car il ne sortira jamais de notre lignage un aussi bon chevalier que vous.

Messire Gauvain était si mal en point qu'il ne put répondre mot, et, à le voir, chacun se prit à pleurer et à admirer qu'il eût fait, navré de la sorte, une si belle défense contre le meilleur chevalier du monde et qui était dans toute la vigueur de l'âge : car Lancelot n'avait guère plus de cinquante ans en ce temps-là, tandis que messire Gauvain en avait près de soixante-dix.

Toute la nuit, le blessé se plaignit ; on craignait qu'il n'allât pas jusqu'au lendemain. Les mires disaient que les plaies qu'il avait sur le corps étaient tellement horribles qu'ils en étaient tout troublés, qu'ils les soigneraient bien toutefois en y mettant ce qui serait bon pour cela, mais qu'ils craignaient de ne pouvoir guérir la blessure profonde qu'il avait à la tête. En sorte qu'à les entendre, les larmes du roi et de tous ceux qui étaient là coulaient à grosses gouttes jusqu'à terre.

Au matin, un valet entra dans le pavillon : c'était le messager de la reine Guenièvre. Après avoir salué le roi et les prud'hommes, il conta tout ce qui était advenu en Bretagne la grande : comment Mordret s'était fait couronner roi subtilement et avait reçu les hommages de tous, et comme il tenait la reine assiégée dans la tour de Logres.

– Ha, Mordret, dit alors le roi, jamais nul père ne traita son fils comme je ferai, car je t'occirai de mes propres mains !

Plusieurs hauts hommes entendirent ces paroles : ainsi connurent-ils que Mordret était le fils du roi Artus. Cependant le roi faisait crier par toute l'armée qu'on se préparât à partir dès le lendemain, et aussitôt l'on commença de détendre et démonter les tentes et pavillons. Puis il fit accommoder une très bonne litière pour monseigneur Gauvain, car il ne voulait l'abandonner en aucune manière, disant que, si son neveu mourait, il souhaitait d'être auprès de lui, et que, s'il vivait, il en serait d'autant plus heureux et joyeux. Et, dès que le jour devint clair, l'armée se mit en marche.

Elle chevaucha tant qu'elle parvint au bord de la mer. Le roi fit coucher monseigneur Gauvain dans sa propre nef ; puis les barons embarquèrent avec leurs chevaux et leurs hommes, et, comme le vent était bon, fort et portait bien, les mariniers mirent à la voile.

Peu après, messire Gauvain, qui était tout faible, ouvrit les yeux et murmura :

– Dieu ! où suis-je ?

– Sire, nous sommes sur la mer, répondit un chevalier ; nous regagnons le royaume de Logres.

– Béni soit Notre Sire, puisqu'il lui plaît que je meure en Bretagne la bleue !

– Ha, beau doux sire, pensez-vous donc si tôt mourir ?

– Oui ; sachez que je ne vivrai pas deux jours. Et je suis moins dolent de ma mort que d'expirer sans revoir Lancelot : si j'avais pu lui crier merci de l'avoir si follement traité, il m'est avis que mon âme eût été plus aise après mon trépas.

– Beau neveu, dit le roi qui était survenu, votre folie m'a fait grand dommage, car elle vous enlève à moi, vous que j'aimais sur tous les hommes, et en même temps Lancelot. Ha, jamais Mordret n'eût été si hardi que de commettre une telle félonie, si le meilleur chevalier du monde fût resté auprès de moi !

– Quoi ! mon frère Mordret a-t-il donc été déloyal envers vous ?

Le roi conta ce qui était advenu. Dont messire Gauvain fut plus ébahi et plus dolent qu'on ne saurait dire.

– Hélas ! j'ai donc trop vécu ! murmura-t-il. Si je pouvais encore combattre, je serais le plus mortel ennemi de mon frère, mais personne ne me verra plus jamais porter les armes.

À ces mots, il pâma et le roi commença de mener si grand deuil que nul homme n'aurait pu le voir sans avoir pitié de lui. Toutefois messire Gauvain reprit son haleine et, faisant signe au roi de s'approcher, il lui murmura tout bas :

– Bel oncle, je me meurs. Je vous prie en nom Dieu de ne pas vous battre de votre corps contre Mordret, car, si vous êtes tué par la main d'un homme, ce sera la sienne. Saluez de par moi madame la reine et vos prud'hommes, dont aucun ne reverra Lancelot. Que Dieu le garde : avec lui le pilier de la chevalerie s'écroulerait ! Mandez-lui que je le salue et que je le prie de venir visiter ma tombe quand je serai trépassé, car il n'a point tant de dureté au cœur qu'il ne prenne pitié de moi. Sire, je vous requiers de me faire enterrer en l'église Saint-Étienne de Camaaloth, auprès de mes frères et dans le même tombeau que Gaheriet ; et vous ferez écrire sur la lame :

Ci-gisent Gaheriet et Gauvain que Lancelot du Lac occit par leur faute.

Car je veux être blâmé de ma mort comme je l'ai mérité. Ha, Jésus-Christ, Père, ne me juge pas selon mes méfaits !

Il dit, et jamais plus il ne souffla mot par la suite. Ayant reçu le Corpus Domini, il trépassa du siècle, les mains croisées sur la poitrine.

Le roi pâma plusieurs fois sur son corps coup sur coup, puis il commença d'arracher ses cheveux et sa barbe qui étaient blancs comme neige neigée, criant :

– Ha, roi chétif et malheureux ! ha, Artus, tu peux bien dire que te voilà aussi dépouillé d'amis charnels que l'arbre l'est de ses feuilles quand la gelée est venue ! Ha, Fortune, chose contraire et diverse, tu fus jadis ma mère et maintenant te voilà ma marâtre ; toi qui m'avais placé au haut de ta roue, comme en peu d'heures tu la fais tourner et me mets au plus bas ! Ha, Mort cruelle et félone, tu n'aurais pas dû assaillir mon neveu : si je savais que tu eusses quelque champion, je t'appellerais de trahison !

Ce disant, il se frappait la poitrine et s'égratignait le visage de façon que le sang coulait à flots, et tant que les barons, craignant de le voir mourir, l'éloignèrent afin qu'il n'aperçût plus le corps. Cependant, il n'était personne sur les nefs qui ne pleurât et lamentât comme si messire Gauvain eût été son cousin germain, car il était le chevalier le plus aimé de toutes gens ; en vérité, si grande était la plainte dans les nefs, qu'on eût cru que Notre Sire faisait gronder sa foudre sur la mer. Mais le conte laisse à présent ce propos, voulant parler de la reine Guenièvre et de Mordret.

## XXXIII

Certes, les assiégés n'eussent point résisté longtemps, tant à cause des perrières et des mangonneaux qui battaient la tour que des assauts de Mordret et de ses gens, s'ils n'eussent point été si preux et vaillants. Cependant Mordret mandait à lui les hauts hommes d'Écosse, d'Irlande, de Galles et de beaucoup de pays étrangers qui tenaient leurs terres de la couronne de Logres ; et, d'abord qu'il les voyait, il leur faisait de si riches dons et de si grands honneurs qu'ils en restaient tout ébahis : grâce à quoi il se les attachait très bien et ils disaient qu'ils ne l'abandonneraient pas et le défendraient contre tous, voire contre le roi Artus en personne, s'il revenait au monde. C'est ainsi que Mordret dépensait les trésors que le roi lui avait donnés à garder.

Un jour qu'il revenait d'assaillir la tour, on lui dit que le roi Artus s'était embarqué pour reconquérir le royaume de Logres, et il en fut tout éperdu, car il craignait que sa déloyauté ne lui nuisît s'il y avait une bataille. Il requit ceux à qui il se fiait davantage de le conseiller.

– Sire, lui dirent-ils, nous n'avons d'autre avis à vous donner que celui de rassembler vos forces et de marcher contre Artus en lui mandant de vider cette terre dont les prud'hommes vous ont saisi. Ses gens sont las et blessés : ils ne sauront durer contre les vôtres qui sont beaucoup plus nombreux et très dispos, car il y a longtemps qu'ils n'ont porté les armes.

De ces mots, Mordret eut un grand réconfort. Il manda tous ses barons et ses hauts hommes, et, quand ils furent à Londres, il leur promit de les récompenser selon son pouvoir si Dieu lui donnait l'honneur de la bataille, de manière que tous résolurent de se mettre en marche le lendemain pour aller à la rencontre du roi Artus.

# XXXIV

Cependant la reine Guenièvre et ceux de la tour s'étonnaient de voir le siège levé ; mais ils connurent vite les nouvelles. Et la reine, quand elle les apprit, fut ensemble joyeuse et dolente, joyeuse de sa délivrance, dolente parce qu'elle craignait pour sa vie. « Si Mordret est vainqueur, songeait-elle, il reviendra et me tuera ; mais si messire a le dessus, jamais il ne pourra croire que Mordret ne m'a point possédée charnellement, et il m'occira sitôt qu'il me verra. Je prierai néanmoins Notre Seigneur de lui donner la victoire et l'honneur de cette bataille, mais de faire qu'il m'épargne s'il est courroucé contre moi. » Elle passa la nuit à prier de tout son cœur, et le Sauveur l'écouta.

Le lendemain, dès que l'aube eut crevé et que le jour fut né, elle partit de la tour avec ses deux pucelles les plus dévouées et deux écuyers très sûrs qui menaient chacun un sommier chargé d'or et d'argent. Et elle chevaucha tant en leur compagnie qu'elle atteignit une abbaye de nonnains que ses ancêtres avaient fondée. On lui fit là l'accueil qu'on devait à une si haute dame qu'elle était ; mais, après avoir fait décharger ses sommiers, elle manda les deux pucelles et leur dit :

– Demoiselles, vous partirez si vous voulez ; si vous voulez, vous resterez. Quant à moi, je demeure, car je me veux rendre à Dieu comme les nonnains qui sont céans. Ainsi fit ma mère, qu'on tint pour bonne dame et qui usa dans cette abbaye la fin de sa vie.

Les pucelles répondirent en pleurant qu'elles ne voulaient point la quitter, et, ensemble, toutes trois furent trouver l'abbesse à qui la reine demanda l'habit pour elles.

– Ha, dame, répondit l'abbesse, si messire le roi était trépassé du siècle, nous vous recevrions bien volontiers et vous feriez dame de nous toutes ! Mais il est en vie, et nous n'osons vous garder, car sans faute il nous tuerait et détruirait. D'ailleurs vous ne pourriez sans doute souffrir notre ordre, vous qui avez eu toutes les aises du monde : il est de trop grande peine.

Mais la reine la tira à part et lui remontra que, si l'on refusait de la recevoir et qu'il lui arrivât malheur hors de l'abbaye, le roi ne manquerait pas de s'en prendre aux nonnes ; puis elle lui avoua l'angoisse et la peur qu'elle avait et pourquoi elle désirait se rendre à Dieu : tant qu'à la fin l'abbesse consentit à la garder, disant qu'elle lui donnerait les draps de religion si le roi était tué par Mordret. Mais le conte laisse ce propos maintenant, voulant deviser du roi Artus qui vogue sur la mer avec son armée.

## XXXV

Ils eurent si bon vent, qu'ils parvinrent en peu de temps devant le château de Douvres, où le roi manda à ceux de la ville de lui ouvrir la porte. Ils répondirent d'abord qu'ils le croyaient mort, mais, quand ils le virent, ils le reconnurent très bien et l'accueillirent comme leur seigneur lige.

Alors le roi fit ensevelir monseigneur Gauvain dans des draps de soie tout ouvrés d'or et de pierreries, puis mettre dans un cercueil très riche ; après quoi il commanda à dix de ses chevaliers de mener le corps à Saint-Étienne de Camaaloth et de le placer dans la tombe de Gaheriet. Et ainsi s'en fut le bon chevalier, convoyé par le roi et une multitude de seigneurs, de bourgeois et de menu peuple, qui tous pleuraient et criaient :

– Prud'homme, chevalier sûr, courtois, débonnaire, maudite soit la mort qui nous prive de vous ! Que ferons-nous maintenant que nous avons perdu celui qui était notre écu ?

Ainsi allèrent-ils jusqu'à trois lieues de la ville ; puis le roi et ses gens s'en revinrent avec le peuple, tandis que les dix chevaliers continuaient leur chemin.

Ils chevauchèrent tout le jour, et le soir leur aventure les mena dans un château qui avait nom Beloc. Comme ils entraient avec le cercueil dans la salle du palais, la dame du château leur demanda quel était ce corps et, quand elle le sut, elle courut se jeter sur la bière, criant :

– Ha, messire Gauvain, quel dommage fait votre mort à toutes les dames et demoiselles que vous aidiez et protégiez mieux que tout autre ! Et moi, j'ai perdu le chevalier du siècle que j'aimais davantage, le seul que j'aie jamais aimé !

À ces mots, le sire de Beloc, son mari, fut si irrité qu'il courut prendre une épée et l'en frappa de telle sorte qu'il lui trancha l'épaule et fit entrer la lame d'un demi-pied dans le cercueil.

– Messire Gauvain, mon doux ami, me voilà morte pour vous ! dit-elle avant d'expirer. En nom Dieu, mettez mon corps en terre auprès du sien !

Cependant, les chevaliers qui convoyaient la bière avaient désarmé le brutal et l'un d'eux lui criait en colère :

– C'est grande honte que vous nous faites, sire chevalier, d'occire devant nous cette dame ! Dieu m'aide ! vous vous en souviendrez !

Ce disant, il haussa l'épée et abattit mort le seigneur de Beloc. Et le lendemain, il repartit avec ses compagnons, emportant le corps de la dame avec celui de monseigneur Gauvain. Et ils chevauchèrent tant qu'ils arrivèrent enfin à Camaaloth, où les deux morts furent enterrés comme ils l'avaient souhaité de leur vivant. Mais le conte à présent retourne au roi Artus.

## XXXVI

Le soir, à Douvres, comme il dormait dans son lit, il crut voir son neveu

Gauvain venir à lui, plus beau qu'il ne l'avait jamais connu et suivi d'une foule de pauvres gens qui tous criaient :

– Roi Artus, nous avons conquis l'entrée de la maison de Dieu pour ton neveu, à cause du bien qu'il nous a fait de son vivant ! Agis comme lui et tu feras que sage !

Cependant messire Gauvain approchait du roi et lui disait, après l'avoir accolé :

– Sire, gardez-vous de combattre Mordret de votre corps, car vous seriez par lui blessé à mort !

– Dussé-je en périr, beau neveu, je le combattrai, répondait le roi, car je serais recréant si je ne défendais ma terre contre un traître. Par l'âme de mon père Uter Pendragon, je jure que je ne reculerai pas !

À ces mots, messire Gauvain s'éloignait en menant le plus grand deuil du monde.

Et, peu après, le roi sommeillant toujours crut voir une très belle dame qui le prenait par les flancs et l'asseyait sur un siège au sommet d'une roue immense.

– Artus, lui disait la dame, sache que tu es présentement sur la roue de Fortune. Que vois-tu ?

– Dame, il me semble que je découvre le monde entier.

– Tu le vois. Et tu as été l'un des plus puissants de ce monde. Mais il n'est nul, pour haut placé qu'il soit, qui ne doive un jour tomber.

Là-dessus, la belle dame faisait tourner sa roue et choir le roi si traîtreusement qu'il lui semblait être tout brisé.

Au matin, quand il se fut éveillé, il fit le signe de la croix sur son visage et s'écria :

– Beau Père Jésus-Christ qui avez permis que j'eusse tant d'honneurs en ce siècle, ne souffrez pas, doux Sire, que je perde cette bataille, mais donnez-moi la victoire sur mes parjures et déloyaux ennemis !

Puis il alla ouïr la messe et se confesser à un archevêque de tous ses péchés. Après quoi il se mit en marche avec ses gens.

Deux jours plus tard, il parvint dans la plaine de Salisbury ; c'était la plus belle place et la plus grande qu'on pût trouver pour une bataille et il voulait attendre là Mordret. Après souper, tandis que ses hommes dressaient les tentes, il fut se promener dans la lande et, en passant près d'un grand et dur rocher, il vit que des lettres, qui semblaient vieilles, y étaient gravées :

En cette plaine aura lieu la mortelle bataille qui laissera le royaume de Logres orphelin.

Ainsi parlaient les lettres et c'était Merlin qui jadis les avait écrites. Quand le roi les eut lues, il baissa la tête, car il connut bien qu'elles prédisaient ouvertement sa mort ; pourtant il se jura qu'il ne retournerait pas en arrière.

## XXXVII

Or, le conte dit que les Saines, qui haïssaient mortellement le roi Artus, étaient venus aider à Mordret ; et il avait aussi avec lui une foule de chevaliers d'Écosse, d'Irlande et de Galles : tant que son armée était deux fois plus nombreuse que celle du roi.

Lorsque ses gens débouchèrent dans la plaine de Salisbury, ils y trouvèrent leurs ennemis qui les attendaient rangés en dix échelles dont les pennons flottaient au vent. Alors vous eussiez vu toutes les lances s'abaisser ensemble, et les deux avant-gardes s'élancer l'une contre l'autre, et maints prud'hommes mourir, qui ne l'avaient pas mérité, car en peu d'instants la terre fut couverte de chevaliers tués, blessés ou abattus, et beaucoup de bons chevaux galopèrent en liberté. Ah ! la dure rencontre ! Et quand les lances furent rompues, les épées resplendirent, lumières de la guerre, et les chevaliers commencèrent de se couper épaules, jambes et bras, et de baigner leurs lames dans les cervelles, à travers les heaumes. Et ce fut le début de la grande bataille où le royaume de Logres fut détruit, car il n'y restait plus autant de prud'hommes qu'il s'y en était trouvé jadis, et presque tous ceux qui demeuraient périrent ce jour-là.

En tête des Saines galopait Arcaut, leur roi, qui voulait avoir la première joute. Sagremor le desréé vola contre lui de toute la vitesse qu'il put tirer de son destrier, et le heurta si rudement qu'il lui troua l'écu et le haubert, et lui mit son fer aigu dans la poitrine, et le renversa mort. Ce que voyant, ceux de la première échelle se jetèrent sur les Saines d'un tel cœur qu'ils les déconfirent en peu de temps.

Mais ceux d'Irlande ne purent souffrir de voir leurs compagnons si vilainement traités : ils brochèrent leurs chevaux et fondirent comme une tempête. Leur roi s'adressa à Sagremor dont la lance était brisée, et le blessa au côté ; mais, au moment que le roi le croisait, le desréé d'un seul coup d'épée lui fit voler la tête avec le heaume. Néanmoins ceux d'Irlande étaient beaucoup plus nombreux, et tout frais et dispos, comme ceux qui n'ont pas encore donné, en sorte qu'ils tuèrent presque tous les chevaliers de la première échelle ; et dans la mêlée Sagremor fut occis de deux coups de lance par le corps.

Dodinel le sauvage vit cela ; certes, grand fut son deuil !

– Francs chevaliers, crie-t-il aux siens, ores paraîtra qui preux sera !

Et il s'élance droit comme carreau d'arbalète, suivi de ses gens, écrasant les blessés et les morts, et la terre commence de rougir de sang. Il fendait la presse, tranchant à droite et à gauche si rapidement que trois hommes n'auraient pu mieux faire, lorsqu'il aperçut le corps de Sagremor qu'emportaient des chevaliers irois : aussitôt il fond sur eux et les éparpille à grands coups ; et, ce faisant, il pleurait de douleur, disant :

– Hélas ! je les tue, mais Sagremor ne retrouve pas la vie pour autant !

Et, tandis qu'il gémissait ainsi, un chevalier lui vint par le travers, la lance basse, et le frappa si durement que le fer parut de l'autre côté et qu'il ne fut pas besoin de médecin : Dodinel tomba mort sur le corps de son compagnon très ancien.

Alors ses gens, qui donnaient la chasse à ceux d'Irlande, abandonnèrent la poursuite et, l'un après l'autre, ils vinrent s'assembler autour de leur seigneur trépassé, tout pleurants et gémissants, de façon que leurs ennemis se remirent et, revenant à eux, les tuèrent pour la plupart. Et sans doute les auraient-ils tous occis, si le vieux roi Carados Biébras n'était accouru à la rescousse avec la troisième échelle.

Tel fut le choc que ceux d'Irlande ne le purent soutenir : ils tournèrent bride à nouveau et vous en eussiez vu plus d'un verser et choir. Mais les barons d'Écosse brochèrent des éperons pour les secourir, et leur sire, qui avait nom Héliade, s'adressa au vieux roi, qu'il reconnaissait à ses armes pour un haut homme. Or, sachez que le roi Carados avait plus de quatre-vingt-dix ans ; mais personne ne le tint jamais pour couard et ses coups d'épée faisaient plier les reins : il ne refusa pas Héliade ; tous deux se heurtèrent de leurs lances aux fers tranchants, et si rudement qu'ils tombèrent navrés à mort ; ainsi ni l'un ni l'autre n'eut l'occasion de railler son ennemi. Des deux parts, leurs hommes s'empressèrent de les secourir, mais ceux de Carados firent tant qu'ils restèrent maîtres du terrain.

– Beaux seigneurs, leur dit le vieux roi lorsqu'ils l'eurent relevé, je suis mort : pensez seulement à me venger et ne faites pas semblant de me plaindre et regretter, car les nôtres en pourraient être déconfortés et les ennemis enhardis. Couchez-moi sur mon écu et portez-moi sur ce tertre : je mourrai plus aise en regardant la bataille.

Ainsi firent-ils, en pleurant ; puis ils prirent congé de lui et retournèrent au combat où ils se mirent à frapper comme charpentiers sur poutres et tuèrent presque tous les Écossais.

Mais alors les Gallois laissèrent courre, puis ceux de Northumberland, puis, l'une après l'autre, toutes les échelles de Mordret, criant leurs enseignes en divers langages ; et le roi Artus lança tour à tour les siennes à la rescousse. Des deux parts, les prud'hommes appuyaient si bien leurs coups qu'à chaque rencontre plus de la moitié étaient occis ; puis ceux qui demeuraient en selle faisaient briller leurs épées et s'entre-tuaient, foulant aux pieds des chevaux les blessés et les morts : certes, il n'y avait pas dans tout le reste du monde autant de bons chevaliers qu'on en vit là gisants comme brebis égorgées ! Et le claquement des lances, le heurt des écus, le tintement des heaumes, le cliquetis des haubergs, le froissis des épées, les cris, les plaintes, tel était le bruit qu'on n'eût pas entendu Dieu tonnant. Ah ! bien des dames perdirent leurs barons, ce jour-là ! La poussière montait jusques au ciel : le soleil en était obscurci. Chacun se hâtait de venger la mort de son compagnon ; ils se haïssaient si fort qu'il n'en était pas un qui ne souhaitât d'arracher à son ennemi le cœur sous la mamelle. Non, depuis que la chrétienté était venue au royaume de Logres, jamais il n'y avait eu une si mortelle bataille, comme la vraie histoire le témoigne !

À tierce, il ne restait guère que deux mille fer-vêtus dans la plaine : toutes les échelles étaient détruites, hors celle du roi Artus et celle de Mordret qui n'avaient pas encore donné. Le roi fit monter un garçon sur un arbre, et quand il sut que la gent de Mordret était deux fois plus nombreuse que la sienne :

– Ha, beau neveu, s'écria-t-il, Gauvain, plût à Dieu qu'à cette heure vous fussiez à mon côté, avec Lancelot !

Il vint aux compagnons de la Table ronde, dont il lui demeurait une vingtaine, et les pria de ne pas se séparer, mais de combattre ensemble et de garantir l'honneur du royaume du mieux qu'ils pourraient.

– Sire, répondirent-ils, il n'y a personne parmi nous qui ne vous aide jusqu'à la mort.

Alors le roi fit lever son étendard par Keu le sénéchal ; puis, voyant que Mordret approchait à grand bruit de ses cors, tambours et buccines, il fit le signe de la croix, prit son écu et sa lance, et commanda aux siens d'avancer.

## XXXVIII

Les deux échelles s'entre-choquèrent à si grand fracas que vous eussiez cru ouïr toute la terre crouler. Le roi s'adressa à Mordret dès qu'il le vit et l'autre ne le refusa pas ; même, il frappa le premier et perça l'écu. Mais le haubert était bon et le roi si solide qu'il ne fut pas ébranlé : au contraire, il heurta le traître d'une telle force qu'il culbuta ensemble l'homme et le cheval ; pourtant ses gens ne purent empêcher que Mordret fût remonté par les siens.

Les lances brisées, les épées brillèrent, et bientôt vous eussiez vu les chevaliers verser comme épis mûrs, en sorte qu'il n'en restait pas plus de quarante vers l'heure de none. Tous les compagnons de la Table ronde étaient occis, hormis le roi Artus, Lucan le bouteiller, Keu le sénéchal, Giflet fils de Do et le roi Ydier, et tous ceux-là avaient quelque plaie grande ou petite ; le roi Ydier surtout était si fort navré qu'il pouvait à peine se tenir en selle. Mais chacun aimait mieux de mourir que de laisser à l'autre la victoire : une fois encore, des deux parts, les prud'hommes rendirent la main et brochèrent des éperons.

Lucan, quoiqu'il fût très affaibli par ses plaies, s'adressa à Mordret ; mais l'autre, qui était tout sain et dispos, jeta son écu à la rencontre et d'un coup lui fit voler la tête à plus d'une longueur de lance : certes, ce fut grand dommage ! Et dans le même temps un chevalier de Northumberland prenait le roi Artus à la traverse et le frappait à découvert au côté gauche : il l'eût grièvement navré, mais Notre Sire voulut qu'aucune maille du haubert ne rompît et que le roi roulât à terre sans mal. Tandis que ses hommes le remontaient, le roi Ydier, malgré ses plaies, s'élança à la poursuite du chevalier et lui fendit le visage jusqu'aux oreilles. Mais Mordret irrité courut sus au roi Ydier et, haussant son épée à deux mains, il lui fit boire l'acier par la cervelle.

– Ha, glorieux Dieu, dit le roi voyant cela, pourquoi souffres-tu que l'un des plus prud'hommes du monde soit occis par le plus traître ?

Il prit une lance grosse et roide, et à nouveau, de toute la vitesse de son cheval, il s'adressa à Mordret. Or, sachez que cette fois il perça d'outre en outre le déloyal : tout le fer de sa lance et un bon pied du bois sortit par l'échine ; mais l'autre, dans le même temps, lui mettait son froid acier dans le côté, en sorte que le roi tomba à côté de son fils qu'il avait navré à mort. Et quelques minutes après, Mordret expira.

## XXXIX

Quand les compagnons du roi Artus le virent choir et son sang jaillir, ils le crurent mort et ils sentirent alors la plus grande douleur qu'un cœur mortel puisse éprouver. De nouveau, ils se ruèrent sur les gens de Mordret et la mêlée cruelle et félonne dura jusqu'à temps qu'il ne restât plus, outre le roi, que deux hommes vivants dans la lande : Keu le sénéchal et Giflet le fils de Do.

Ils revinrent à l'endroit où ils avaient vu tomber leur seigneur. Et ils le trouvèrent assis sur son séant !

– Sire, dirent-ils tout ébahis, comment vous sentez-vous ?

– Las ! je ne veux pas mourir au milieu de mes ennemis ! Allons vers la mer prochaine.

Ils le hissèrent sur un cheval, et, le soutenant du mieux possible, ils parvinrent à vêpres devant une chapelle qui avait nom la chapelle de Verre. Le roi fut se prosterner devant l'autel où il commença de réciter toutes les oraisons qu'il savait ; et sachez que, toute la nuit, il pria Notre Seigneur d'avoir pitié de ses hommes qui avaient été tués.

Au matin, Keu le sénéchal et Giflet entrèrent, désarmés, et voyant son seigneur étendu sans mouvement, les bras en croix, Keu le crut trépassé du siècle. Il se jeta à genoux.

– Ha, roi Artus, s'écria-t-il, c'est grand dommage que tu sois mort !

Mais le roi se souleva et embrassa son sénéchal ; et non point par courroux, mais par angoisse et amour, il le serra si fort sur sa poitrine qu'il le froissa tout et lui creva le cœur. Ainsi l'âme de Keu lui partit du corps ; quand le roi le laissa, il tomba mort.

– Sire, s'écria Giflet, vous avez mal fait !

À ces mots, le roi regarda alentour de lui et, quand il vit Keu gisant, il se mit à pleurer.

– Hélas ! soupira-t-il, la Fortune, qui m'avait été bonne mère et amie jusqu'ici, veut que je passe dans la douleur les dernières heures de ma vie ! Giflet, sellez les chevaux et partons d'ici.

À midi enfin, ils atteignirent le rivage de la mer. Et là le roi Artus descendit, puis il déceignit son épée, la tira du fourreau et, après l'avoir longtemps regardée, il dit tristement :

– Marmiadoise, bonne épée, la meilleure qui ait jamais été, hormise celle aux étranges renges, tu vas perdre ton maître et droit seigneur ! Seul, Lancelot serait digne de te porter. Ha ! plût à Jésus-Christ qu'il pût t'avoir : mon âme en serait plus aise !... Giflet, derrière cette colline vous trouverez un lac : allez y jeter mon épée.

– Sire, je ferai votre commandement. Mais il vaudrait mieux, si tel était votre plaisir, que vous m'en fissiez don.

– Non, répondit le roi.

Giflet prit l'épée ; mais, quand il fut au bord du lac, il tira la lame pour la regarder, et, à la voir si claire et si belle, il pensa que ce serait trop grand dommage que de la perdre. « Mieux vaut que je jette la mienne et garde celle-ci », se dit-il et, posant Marmiadoise sur l'herbe, il lança sa propre épée dans l'eau ; après quoi il revint auprès du roi.

– Sire, j'ai fait ce que vous m'aviez commandé.

– Et qu'as-tu vu ?

– Rien que de bon.

– Giflet, tu me peines et chagrines sans raison. Retourne au lac et jettes-y mon épée.

Giflet revint sur ses pas, pensant qu'il noierait le fourreau, mais non la lame. Et ainsi fit-il ; mais, quand il fut à nouveau devant son seigneur :

– Qu'as-tu vu ? lui demanda le roi.

– Sire, rien que de naturel.

– C'est donc que tu ne l'as pas encore jetée ! Va-t'en, et fais ce que je t'ai commandé : c'est péché que de me tourmenter de la sorte !

Alors le fils de Do, tout honteux, s'en fut au bord du lac pour la troisième fois et il se mit à pleurer quand il tint la bonne lame dans sa main, brillante comme une escarboucle ; pourtant il la jeta aussi loin qu'il put. Or, au moment qu'elle allait toucher l'eau, il vit surgir une main qui la saisit par le pommeau et qui la brandit par trois fois, puis tout disparut sous l'onde. Longtemps il attendit, mais il n'aperçut plus rien que l'eau frissonnante.

– C'est bien, dit le roi quand il connut ce qui s'était passé. Maintenant, beau doux ami, il vous faut partir et me laisser. Et sachez que jamais plus vous ne me verrez.

À ces mots, Giflet eut grand deuil.

– Ha, sire, comment serait-il possible que je vous abandonnasse de la sorte et ne vous visse plus ! Mon cœur ne le pourrait souffrir ! Il me faut vivre ou mourir avec vous.

– Je vous en prie, dit le roi, de par l'amour qui a toujours été entre nous !

Alors, les larmes aux yeux, Giflet le fils de Do s'en fut sur son destrier. Et sachez que, lorsqu'il fut à un quart de lieue, il commença de pleuvoir si merveilleusement qu'il dut s'abriter sous un arbre. Mais, l'orage passé, regardant vers la mer, il vit approcher une belle nef, toute pleine de dames avenantes, qui aborda non loin du lieu où il avait laissé le roi, son seigneur ; l'une d'elles, qui était Morgane la fée, appela et le roi se leva, puis, tout armé, suivi de son cheval, il monta dans la nef qui tendit ses voiles au vent et s'enfuit comme un oiseau. Le conte dit qu'elle s'en fut droit à l'île d'Avalon où le roi Artus vit encore, couché sur un lit d'or : les Bretons attendent son retour. Et ainsi s'accomplit la parole du prophète Merlin, qui avait prédit que sa fin serait douteuse.

Durant deux jours et deux nuits, Giflet pleura sans boire ni manger. Puis, le troisième jour, au matin, sitôt que les oiseaux chantèrent, il brida son destrier et s'en retourna à la chapelle de Verre. Et, d'abord qu'il y entra, il aperçut une riche tombe devant l'autel, sur laquelle étaient des lettres qui disaient :

Ci-gît Keu le sénéchal, que le roi Artus étreignit à mort contre sa poitrine.

D'abord qu'il lut cela, le fils de Do tomba pâmé ; puis il alla trouver les moines qui desservaient la chapelle, disant qu'il ne voulait plus demeurer dans le siècle puisque le roi ni aucun de ses compagnons n'y était plus, et les requit de le vêtir des draps de religion. Mais il ne les garda guère, car il ne vécut plus, ensuite, que dix-sept jours. Et le conte, à présent, laisse ce propos pour deviser de monseigneur Lancelot du Lac, d'Hector des Mares et du roi Lionel qui étaient restés dans la Petite Bretagne et dont il n'a dit mot depuis très longtemps.

## XL

Sitôt qu'ils apprirent la mort du roi et ce qui était advenu au royaume de Logres, ils se hâtèrent de mander leurs hommes et se mirent en chemin pour gagner la mer et passer en Grande Bretagne. Mais, le jour même qu'il débarqua, Lancelot apprit que la reine était morte et trépassée depuis trois jours dans son abbaye. Ah, sachez, seigneurs, que jamais si haute dame ne fit une plus belle fin, ni ne cria plus doucement et tendrement merci à Jésus-Christ ! Mais Lancelot fut tellement dolent que nulle langue ne saurait dire son chagrin : c'est qu'il avait plus aimé sa dame qu'aucun homme mortel n'aima jamais la sienne.

Il marcha avec son armée sur Winchester où les deux fils de Mordret s'étaient réfugiés. Et, quand ils surent qu'il approchait, ils se dirent qu'il valait mieux risquer contre lui une bataille dont Dieu leur donnerait l'honneur s'il lui plaisait, que d'aller fuyant par le pays. C'est pourquoi ils sortirent avec leurs gens et attendirent Lancelot et les siens dans la plaine.

La mêlée dura de tierce jusqu'à none, car il y avait beaucoup de fer-vêtus de part et d'autre. Mais à ce moment Meleban, le plus jeune fils de Mordret, prit une lance courte et grosse, à fer tranchant et aiguisé, et s'adressa au roi Lionel : il le heurta par le travers, poussant de toute sa force, et tant qu'il lui mit son froid acier dans le cœur et l'abattit mort. Aussitôt Hector courut sus à Melehan et lui trancha d'un coup le heaume, la coiffe de fer et la tête jusques aux dents. Puis il se jeta au milieu de la presse, tel un loup dans la bergerie, tuant tout ce qu'il atteignait, si bien qu'autour de lui les rangs fondaient comme la glace au soleil et que la terre était couverte de corps gisants. À voir cela, ceux de Winchester pensèrent à garantir leur vie et bientôt ils commencèrent de s'enfuir, rudement pourchassés, vers une forêt qui s'étendait près de là, à moins de deux lieues anglaises.

Cependant, il advint que Lancelot reconnut le fils aîné de Mordret à ses armes, qui étaient semblables à celles que le père accoutumait de porter : alors il eut un rire en son âme. Il lui courut sus, prompt comme la foudre qui descend du ciel, l'épée haute, et vainement l'autre jeta son écu à l'encontre du coup : la lame trancha le bouclier avec le poing qui le tenait. Le fils de Mordret piqua des deux et s'enfuit vers la forêt comme fait le cerf devant les chiens ; et ainsi la longue chasse commença.

Sachez qu'ils galopèrent tout le reste du jour, l'un appelant et menaçant, l'autre brochant si rudement que le sang coulait des flancs de son destrier, et tant qu'ils arrivèrent au cœur de la forêt. Enfin, le cheval du fuyard broncha et tomba, et le fils de Mordret se mit à genoux criant merci. Mais Lancelot, au passage, d'un seul coup, lui fit voler la tête. Après quoi, sans donner au corps un seul regard, il se mit en devoir de rejoindre ses gens.

Mais il perdit bientôt son chemin et, tandis qu'il croyait se rapprocher de Winchester, il s'en éloignait toujours davantage. Après avoir marché toute la nuit, il se vit, au matin, en face d'une montagne déserte et rocailleuse, et, gravissant un sentier, il parvint à un pauvre ermitage au pied d'une chapelle petite et ancienne. Deux prud'hommes en robes blanches sortirent pour lui faire accueil, dont l'un, l'ayant avisé, courut à lui les bras tendus et l'accola tendrement : c'était l'évêque de Rochester, qui avait jadis fait la paix de la reine Guenièvre et du roi Artus.

– Beau sire, lui dit Lancelot, depuis quand êtes-vous ici ? J'ai grande joie de vous avoir retrouvé !

L'évêque conta qu'après la douloureuse journée de Salisbury, dont il n'était resté que le roi Artus, Keu le sénéchal et Giflet fils de Do, il s'était réfugié dans cet ermitage, où il voulait user le reste de sa vie au service de Notre Seigneur Jésus-Christ, en compagnie du prud'homme qui y logeait.

– Et vous, beau sire, ajouta l'évêque, que ferez-vous désormais ? Ne penserez-vous pas à amender votre vie dont vous avez passé la plus grande partie en péché mortel ? Sachez qu'il en serait grand temps et que Dieu se réjouit moins de cent justes que d'un pécheur qui vient à repentance.

– Sire, répondit Lancelot, vous avez été mon compagnon dans le siècle ; s'il vous plaît je serai le vôtre ici.

À ces mots, l'évêque et son compagnon tendirent les mains au ciel et remercièrent Dieu de bon cœur. Lancelot demeura auprès d'eux à servir son Créateur de tout son pouvoir, et sachez que l'évêque lui en apprit tant qu'il devint prêtre chantant messe. Mais le conte le laisse pour un instant et retourne à parler de son frère.

## XLI

Après la mort et la fuite des fils de Mordret et de leurs gens, le roi Hector entra dans la ville de Winchester et y fit enterrer Lionel, aussi richement qu'il convenait à un roi couronné. Puis vainement il fit chercher Lancelot : il n'en put avoir de nouvelles. Alors il recommanda ses hommes à Dieu, en leur disant de faire roi qui ils voudraient à sa place, car ils ne le verraient plus ; et il se mit en quête de son frère.

Un jour, son aventure le conduisit justement à l'ermitage où vivait Lancelot. Tous deux s'accolèrent à grande joie et Hector ne voulut plus partir : il s'offrit à son tour au service de Notre Seigneur.

Ainsi les deux frères vécurent ensemble durant quatre ans, menant si bonne vie et priant, jeûnant, veillant tant et tant, qu'il n'était pas d'autre homme qui eût pu souffrir une si grande peine. Au bout de ce temps, Hector mourut et fut enterré dans l'ermitage même. Et peu après, quinze jours avant mai, Lancelot sentit venir sa fin. Il pria l'évêque et l'ermite, ses compagnons, de transporter son corps à la Joyeuse Garde et de le mettre dans la même tombe où était Galehaut, sire des Iles lointaines. Puis il expira.

Alors les deux prud'hommes firent une bière où ils couchèrent le mort, et, la portant à grand'peine sur leurs épaules, ils s'efforcèrent si bien qu'ils arrivèrent au château. Là, ils firent lever la tombe de Galehaut, et Lancelot y fut étendu auprès de son compagnon ancien ; puis des lettres furent gravées sur la lame, qui disaient :

Ci-gît le corps de Galehaut, seigneur des Iles lointaines, et auprès de lui repose Lancelot du Lac, qui fut le meilleur chevalier qu'on ait jamais connu au royaume de Logres, hormis seulement son fils Galaad.

Après l'enterrement, vous auriez pu voir les gens du château baiser la tombe comme si c'eût été celle d'un saint. Quant à l'évêque, il s'en retourna à l'ermitage avec son compagnon, où tous deux employèrent leurs derniers jours à glorifier leur Créateur.

## XLII

Et le conte se tait à présent, car ici finit l'histoire de Lancelot du Lac et du Saint Graal et du bon roi Artus, telle qu'elle se trouve dans les anciens écrits ; nul n'en pourrait dire davantage qui ne mentît du tout au tout. Je rends grâces à Notre Seigneur, comme doit faire un pécheur adonné au siècle, de ce qu'il m'a octroyé pouvoir et loisir de terminer le riche ouvrage que j'ai entrepris : car je me suis travaillé beaucoup et appliqué curieusement pour le mener à fin, et j'ai achevé une longue œuvre. Maintenant qu'elle est faite, je me reposerai un peu, s'il plaît à Dieu, et prendrai quelque divertissement.